天までの道

山子

文芸社

天までの道

目次

一　紀元前の中国にて

「もう、戦に勝ち目はない。これからどうすれば良いか、おまえたち三人の考えを聞かせてくれ」

一族の長である父は、姉と弟とわたしに言いました。

姉はすぐに答えました。

「お父上の考えに従います」

弟が同意しました。

「わたしも従います。父上の考えはいつも正しい」

父が、わたしのほうを見て言いました。

「変わり者のおまえは、今回も皆と違うことを言うのだろう？」

正直なだけなのに、変わり者とか頑固者とか言われていました。

「広い海の東、ずっと向こうに、神仙な山があるのを夢に見ました」

「ほおーっ！」

父は、片手で長い顎鬚を撫でながら考え込んでいました。

「なるほど、他国への亡命か！　それなら、生き延びられるかもしれないし、家業が伸びていく可能性も出てくるな。いつもながら稚姫《わかひめ》の夢のお告げは、我々を良い方向に導いてくれる。全員で稚姫の見た東の地に向かうのが望ましいが、わしはもう年じゃ。長旅は避けたい。どこかに身を隠して暮していこうと思う。とにかく一族に相談をしてみることにしよう」

稚姫とはわたしのことです。幼いから稚姫です。「若姫」でも「弱姫」でも結構です。姫《ひめ》と言うのは、日本語独特の意味と用法ですので、実は別のなまえでした。わたしのほんとうのなまえには「月」と言う字がつくのですが、日本の皆さまに分かりやすいように、わたしが稚姫で、姉のほうは大きいから「大姫《おおひめ》」として、話を進ませていただきます。弟は、何にしましょう？　日本語的ななまえが思い浮かばないので、国で呼ばれていたまま、「君《くん》」とします。

数日後、再び父に呼ばれました。

「君《くん》。男のおまえは眷族から離れていくように」

一族の仕事は、丹《たん》の製錬でした。丹とは硫化水銀です。水銀に銅など他の金属を加えた合金の総称がアマルガムで、安全だと言われているが歯科用アマルガムを使用しないことを売りにしている歯医者も居る。現在でさえそのような状態の代物、当時は科学的にきちんと合成されていたわけではないので、安全ではありませんでした。作られた混合物質に毒性があると明確には分からなかったのですが、危険な物だとは感じていたのです。

そんな危ない生業から息子を離れさせて、血筋が絶えないようにしたのでしょう。

「はい、父上。心得ております」

「クンはこの大陸に残り、状況を見ながら行動をするように」

「はい。かしこまりました」

「大姫と稚姫は、一族とともに海を渡って東の地に移動をして、家業を続けていってくれんか。今はそれしか道が無いのじゃ」

「はい。お父上」

「はい。わかりました」

姉に続いて、わたしも返事をしました。

「稚姉も行くのですか！」

弟が叫びました。

「不服か？　クン。おまえの考えを言ってみなさい」

父の問いに、弟は答えました。

「稚姉まで行く必要はないと、思います」

「なにっ！」

邪魔が入ったせいか、父の口調がきつくなりました。

父は、いつもこの調子です。一応、皆の意見を聞いてみせるのですが、それは見せかけだけの態度です。先に決めてしまっていて、その言葉に逆らうようなことを言おうものなら、機嫌を損ねて怒りだします。

そんな父の個性を十分、知っているはずの弟が食い下がりました。

「血縁ではない稚姉にまで犠牲を強いて、放り出すのはかわいそうです。無事に到着しない可能性のほうが高いのですから」

わたしは実子ではありませんでした。年齢もわかりません。ここに来たときは、君《くん》より背が高かったので、姉とされていたのです。

義弟の進言に、義父がどんな反応をしたかをお話するまえに、わたしの生い立ちを披露しておきます。

母親の身体に天から光が射しこんで、わたしが生まれたそうです。

それがほんとうなら、異星人がどこかで精子を採ってきて女の身体に注入したか、始めから受精卵を入れたかだと思いますよね。

この話を聞いてくださっているあなたなら、どんなふうに推理しますか?

珍しい子と言うことで、悪人にさらわれ遠くに連れて来られたのだろうと、義弟は言っていました。

悪人が自分の命と引き換えに差し出したのか、あるいは売ったのかもしれません。

引き取った養父が、出生の話を悪人の創り話だと疑わなかったのには、わけがあったようです。

昔の日のことを知っている人が教えてくれた話ですが、その日は生暖かい風が吹いていて、養父は辺りの神秘的で奇妙なけはいに惑わされたそうです。それに、わたしの容姿が皆と少し異なっていました。眉と眉のあいだ、額の真ん中に、大きな黒子《ほくろ》のような物がありました。それは黒で無く、赤色で光っていたのです。

そんなわけで、わたしの父親は天の神だから、神の子のわたしは、一族のために奇跡を起こすだろうと思われていたのです。

それでは、義父が義弟の発言に、怖い顔で立腹した場面に戻りましょう。

「なにっ!」

「せっぱ詰った昨今、先ず一族のことを優先してお考えになられたことはよくわかります。悲運の稚姉を、これまで大事にされてこられた優しい父上も、細やかな配慮をされるゆとりがないほど、お悩みになっておられたことを、今日改めて知りました。子どもの我々がのんきにしていられるのも、すべて父上のおかげです」

近ごろの義弟は口が上手くなり、その才能を生かして、自分の思いどおりにことを運ぼうとするのでした。誰もが、義弟の口から発生した霧に包み込まれ、催眠術にかけられたように洗脳されるのです。

そんなとき、義弟に逆らいたい気持ちがわき上がってきたものです。

義弟に向かって言いました。

「『かわいそう』ですって！　そんな心配は無用よ、クン。わたしは行ってみたいわ。それに、天の神の思し召しですもの、目的地に無事に到着するに決まっているじゃないの」

「ハッハッハッ……ワカは、いつまでも好奇心が旺盛じゃ。それに今朝、大姫がわしのところに来て『ワカと一緒でなければ、行きたくありません』と言ったのじゃ」

「だって、鉱脈のありかは、ワカにしか分からないもの」

義姉の言葉に、義弟が反対しました。

「神の子と言われているワカは、ただの人間です。今までワカの予言が当たったのは、偶然に過ぎないと思います。ワカの見た夢のお告げに、従う必要は無いのではありませんか」

「そうよ、クンの言うとおりだわ。わたしはただの人間よ」

「ワカの意見は、右と言ったり、いや左だと言ったりしているぞ。ワカは、神のお告げを我々に伝えるだけでよろしい。それと、クン。稚姫を想うおまえの気持ちはよく分かる。だが、おまえが稚姫と一緒に居ると、恐ろしい目に遭うのじゃよ。ワカを苦しめたくはないだろう？」

　義弟はなぜか、黙ってしまいました。

「おまえは稚姫と離れることによって、他の女に目がいくだろう」

「分かっています。兄上たちのようにわたしも家を出て行って、ワカ以外の女を妻に迎えることをお約束します。わたしがあきらめるのですから、姉上も少しは我慢をしてください。ここが不安なように、未知の国はもっと危険です。大姉が他の地に可能性を求めて、稚姉がこの国で受け継ぐのが良いと思います。一緒に行動をしていると、完全に家業が絶えてしまうかもしれないではありませんか」

「それなら、わたしがこの地に残るわ。ワカはどこに行っても、神に見守られているのだから」

「大姫さまは、敵の王のところに行く覚悟がおありですか？　美しい大姫さまに、敵が目をつけるだろうと思いますが」

　若い軍師の言葉の途中で、父が急に元気になって言いました。

「なるほど、そうか。そう言う対応の仕方があったのか」

　男たちのあいだで非常に人気の高い義姉が、不安そうな表情をしました。

「稚姫の夢のお告げは、また情勢が落ち着いてから考えることにして、一族を今すぐに海の向こうに行かせなくても良い方法があるようですな、先生」

近ごろの養父は、何人か居るなかのこの若い軍師にばかり頼っていました。

「我々を脅かしている今度の敵は、相当、力があるようです。各地を征服して大国の大王になる勢いです。一族のなかから姫を差し出しておけば、我々は奴隷にならなくてもすむかもしれません」

「わしも、そう考えていたところだ。ところで先生、大姫と稚姫のどちらが良いかな」

若い軍師が、怖いような目でわたしのほうをジッと見ながら、答えました。

「稚姫さまは、いつもご自分の能力や好みに合わせて行動するだけで、無理をしません。協調性もありません。たとえ王妃になられたとしても、ご自分のことしかお考えにならないでしょう。その点、大姫さまはさすが一族のお血筋で指導力があります。先頭に立たれるために、お生まれになられたようなお方です。大姫さまなら立派な王妃となられ、一族のためにも、力を貸してくれるでしょう。また、稚姫さまは血の繋がりと統率力が無くても、不思議な力を持っておられます。わたしは稚姫さまのほうを一族のなかに残すのがよろしいかと思います」

「先生のおっしゃる通りだ。大姫はわたしに似ているから、王妃のなかでも、最も位の高い后《きさき》になる素質がある」

突然、義姉が叫びました。

「敵の王が、珍しいワカに自分の子を産ませたいと思うわ！」

軍師は、姉のヒステリックな口調のまえで黙ってしまいました。

「それなら、稚姫のことを隠しておけば良いではないか。わしのほうが先生より先に良い考えが浮かびましたな。ハッハッハッ……」

義弟が手を叩いて言いました。

「父上！　これ以上の名案はありません。大姉ほど、王の后としてふさわしい女性はありません。それにまた、姉上自身も幸せになるでしょう。さすが、父上のお考えはすばらしい」

「いやよ！　ワカと二人で王妃になるのなら我慢ができるけど、わたしが一人で敵のもとになんか行きたくないわ。ワカといつも一緒に居たいのよ」

「おれだって、そうだよ」

義弟が小さな声で言いました。

「クンは自由だからいいわよ。わたしは絶対に、敵のところに行く気はありません。父上、わたしは一族のもとから離れるのが怖いのです。できることなら、ずっとここにみんなと一緒に居たいわ」

「おれだって、そうだよ」

弟がまた、言いました。

「クンには分からないのよ。海の向こうに行く覚悟を決めたときの、わたしの辛さが分かるわけがないわ」

義姉は、若い軍師を睨みつけていました。

義姉がかわいそうになりました。それに、一族のなかで象徴にされるのは嫌でした。敵の王には何人もの夫人が居るだろうから、后にさえならなければ、気楽かもしれないと思いました。

「わたしが敵の王のところに行きますから、お姉さまは一族と一緒に居てください」

義姉が、嬉しそうに頷きました。

「おお、そうか、行ってくれるか！　皆を救ってくれるのだな。おまえを引き取って、ほんとうに良かった。おまえは素直な良いコだったのだな。先生は案じておられるようだが、統率力など無くても良い。王に気に入られさえすれば良いのだ。おまえなら、大丈夫だ。しっかり頼むぞ。皆もおまえに感謝するであろう」

養父がわたしの手を取って、今までに見たことが無いくらい喜びました。

義姉が、皆を圧するような調子で言いました。

「ワカにだけ、無理をさせるのは耐えがたいわ。ワカ！　わたしと一緒に海の向こうに行きましょう」

「はい。連れて行ってください」

義姉の考えが急に変わったようなので驚きましたが、姉の意見には賛成でした。

「ああ、そう言えば、お姉さまと一緒に舟に乗っている夢を見たわ」

嘘ではありませんでした。

「そうか。ワカが夢を見たのか。それなら、しかたがない。しかし、それをなぜ先に話さなかったのだ？」

「お父さまは今日、わたしの夢のことはお聞きにならなかったわ。それにクンが意見を言うと、お父さまはお怒りになられたわ。それに」

「もういい、もういい。ほんとうにそんな夢を見たのか？」

今回はいつもと違って、さすがの養父も揺らいでいました。たった今、思いついた策略にまだ未練があるようでした。

「敵の王が姉上たちのどちらかを手に入れたところで、われら一族を優遇するという保障はありません。偉大な父上が、他の者に屈してほしくはありません。姉上たちをどうぞ、未来に向けて旅立たせてください」

後で義弟が、そっとわたしに言いました。

「これから先は今までと違って、危険なことばかりだ。おまえの力に皆、期待をしているのを忘れるなよ。男に言い寄られても身を慎んでおかないと、奇跡は起こせないからな。分かっているな、ワカ」

二　嵐

海を渡って、東の国に向かいました。

ある日、嵐に遭ったのです。

わたしは強い風に木々が騒ぐのを見たり、おなかの底まで響いてくる雷のバリバリ鳴る音を聞いたりするのが好きです。

激しい雨がザアーッと横から叩きつけてきて、強風に踊らされている波が高く荒々しくうねっていました。

そんな光景を、船の上でゾクゾクしながら眺めていると、現実から脱出できそうな気がするのでした。

実は、わたしは一族から逃げ出したかったのです。

祖国を発つとき養父が、

「稚姫は病気から皆を守り、鉱脈の発見をするだろう」

と言い渡して以来、眷族から絶大な望みをかけられるようになりました。

何の力も無いのに、期待されるのはしんどいものです。


船上で皆が、わたしの意見を求めたときのことです。

義姉が囁きました。

「ワカ！　わたしより前に出ないで」

後で姉が言いました。

「クンが、『いつか時期を見て、必ず会いに行きます』と言っていたわ。クンはまた、あなたを連れ出すとも言っていたわよ。父上は反対していたけれど、ワカはクンと一緒に居るのがいちばん幸せだと、わたしも思うわ。わたしはね、そのときのことを考えているの。みんながあなたを当てにしていて、急に居なくなると困るでしょう？　それとも、ワカが一族を引っ張って行くことができる？」

「いいえ。できません」

「そうでしょう？　だから、今から控えていてほしいの。でも、そうは言っても人は弱いから、神の子と言うだけで、あなたについていこうとするのよね」

「ごめんなさい」

「あら、あなたが謝ることないのよ。最近、意地悪ばかり言うようになったわね。だって、わたしの好きな人の想っている相手と言うのが、よりにもよって、わたしの親しい女なのよ。あなたには何の関係もないのに、わたしの身近に居るからつい八つ当たりをしてしまうの。ほんとうに、ごめんなさいね」

そう言って、義姉は暗い目をして海を見つめていました。

姉のそんな目を見たのは、二度目でした。


一度目は、それぞれの進む道が決定する前日のことでした。

義姉が、あの若い軍師に頼んでいるのを目撃しました。

「先生のお導きがないと、わたしは皆を仕切っていく自信がありません。わたしと共に旅立ってください」

「お望みには従えません」

軍師は断って、立ち去りました。

そのとき、軍師の後ろ姿を見送る義姉の目が、それまで見たことが無いほど沈んでいたのです。

『お姉さまにしゃしゃり出ないようにと言われても、皆が頼ってくるのを、どうやって止められるかしら。良い方法が思いつかないわ。お姉さまは明るくて美しくて魅力的で、眺めているだけでわたしまで楽しかったのに……。そう言えば、今でも皆を笑わせて、ご自分も笑い声を立てていているときがあるけど、それはいつも、わたしの居ない場所でのことばかりだわ。一族に神扱いをされているわたしが、お姉さまには邪魔なのかもしれない』

吹き荒れている空を見上げて、小さな声で言いました。

「どうぞ、ここから抜け出させてください」

子どものころから困ったことが起こったとき、天に向かって願うと、いつも聞き入れられるかのように物事が好転したからです。それは偶然だと思っていました。

高波で船が大きく傾き、皆が自分のことで精一杯の瞬間でした。

激しい風が、わたしの体をさらいました。

わたしが行方不明になって、義姉はひどく悔やんでいたそうです。

義姉と一族は、玄界灘から日本に上陸しました。

義姉は、土地の国の酋《おびと》に一目で見初められたようです。

正体の分からない原住民から一族を守るため、義姉は酋のオンナになったということです。

「わたしたちと、考え方も慣わしも異なる人たちです。我々の道理は通用しないでしょう。この先、どうなるか分かりません。ここに残る組と稚姫の夢のお告げにあったように、東に進んで行く組とにわかれることにしましょう。酋の気が変わらないうちに、早く出発しなさい」

姉の言葉に押し出されるように、一族は鉱石を求めて、東のほうに向かいました。


一方、わたしのほうは無事でした。

あのとき、黒雲の天空から声が聞こえたのです。

《そんなに、逃避したいのか？》

「はい」

思わず大きな声で、返事をしてしまいました。

幸いにも皆が口々に喚き騒いでいた最中なので、誰にも聞かれずに済みました。

《逃げ出す道のほうが、厳しいぞ》

「我慢します」

その直後、わたしの体は風に乗って舞いました。

海に落ちたわけではありません。光のカーテンに包まれて、エレベーターのように空に上っていきました。

船上の誰も気付かないあいだの出来事でした。

三　高地の原野

気がつくと、周りには大地が広がっていました。

特別に小柄な人間のような生き物が、そばに居ました。異星人です。金属製の服を着ていました。

異星人の姿を見ても、驚かなかった。生きた木のそばに居るような暖かい雰囲気でした。

異星人は、赤ん坊をわたしに抱かせました。

「どうしたの？」

《おまえは、子どもを育ててみたいと言っていただろう？　おまえの願いが実現するのだ》

「さらってきたのね。この子の親に返すわ」

《そんな必要はない。天に選ばれた子だ》

「親がどれだけ会いたがっているか、あなたには分からないのよ」

男の子で、黄色人種ではありませんでした。

肌の色が淡いか濃いか、この話を聞いてくださっている皆さんご自身で空想をして、選択をする楽しみを味わってください。

異星人から受け取った赤ちゃんは口を開けて、しきりにわたしの胸のあたりで頭を左右に動かしていました。お乳を捜しているのです。

「どうするの？　オッパイを欲しがっているわよ」

《おまえの乳を飲ませてやれ》

「なんですって！」

赤ちゃんが泣き出しました。

「どうしよう！　どうしよう！　どこかにお乳を分けてくれる人は居ないの？」

《居ない。だから、おまえの乳首を含ませてやれ》

取りあえず、わたしは胸を出しました。

顔が肌に触れると、泣きじゃくりながら乳首の位置を捜し始め、くわえて吸い始めました。

「泣き止んだわ。良かった」

ホッとしている間もなく、火がついたような泣き声を上げました。

「出ないんだもの。無理がないわ。かえって、かわいそうじゃないの」

《出ると思えば、出る》

「ええっ！　ああ、それもそうね。念じるわ」

赤ちゃんに言いました。

「ぼうや。お乳を飲まなければ、あなたは死んでしまうのよ。ちょっと吸ってみて、出ないからと言って、文句を言ってる場合じゃないのよ。あなたも、『飲める』と信じなさい」

わたしの強い声で、一瞬泣き止んだ赤ん坊は、わたしの胸を強く押しました。次に、小さな手を広げて揉み始めたのです。痛いほど、強い力でした。

わたしも負けずに『出る』と確信すると、鋭い痛みが走りました。

「お乳が出始めたわ！　すごい！　すごい！」

赤ちゃんは、ゴクゴクと飲みました。

わたしの顔から目を離さないで飲み続け、しばらくすると寝ました。

「これから、わたしの食べる物も大丈夫ね。だって、わたしは奇跡を起こせるもん。この魔法はあなたのせいね」

返事がないと思って周りを見ると、異星人の姿がありませんでした。

このコと同じ特徴の容姿の民族を、見つけることは容易いだろうと思っていました。

草原や砂漠を歩き回りました。

ようやく一つの集落を見つけ近付くと、そのコと肌の色が違いました。

がっかりしていると、天空から声が聞こえ教えてくれたのです。

《おまえにしては、なかなかがんばっているな。一つ、教えてやろう。背の高い人種だ》

道中、出遭った人たちに尋ねました。

「背の高い人たちが住んでいる村を、知りませんか?」

「あの山の向こうの人たちは、体が大きかったよ」

そこに行くと、顔立ちの異なる民族でした。

また、当てどもなく歩きまわりました。

砂に足を取られながら丘の上に登っていくと、立派な建物がありました。

そばまで行くと、索漠とした空気が広がっていました。その町は生きている人の居ない廃墟だったのです。

旅は、苦しかった。

非常に危険なときは、異星人が現れて助けてくれましたが、そうでないときは、赤ちゃんと二人でした。

不安、緊張、睡眠不足、体力の限界……、代わってくれる人は居ませんでした。

そんなとき、幼いころのことが頭に浮かんできたのです。

土でできた炉か竈のようなところに、大人たちが火を入れて作業をしている光景を思い出しました。

『あれは、どこだったのかしら？　いつのことだったのかしら？』

養父に引き取られてからのことかもしれません。

『わたしの記憶はいつからかしら？』

土でできた家だったような気がします。

そこにやってきた男が、女に言いました。

「そろそろ、このコを連れて行くよ」

わたしは不安で、女の衣の裾を掴みました。

女が言いました。

「大丈夫だよ。この男が赤ん坊のおまえをここに連れてきたのだよ」

何のことだか、よく分かりませんでした。

「おまえは大きくなったから、ここから巣立っていくのだよ。淋しくなるけれど、しかたがないね」

女の言っていることが、そのときは理解していませんでした。その男と家から出て行くということは分かりました。また、「しかたがない」と言う言葉は嫌なことなのだと思いました。

道中、ひもじい思いをしたことはありません。

途中に繋がれている動物たちが居て、近付くと甘えてきたので嬉しかった。

そこを去ろうとすると、彼らは必死になって前足を上げて鳴きました。わたしたちに、ついてきたいようでした。

悪人が呟きました。

「辛いなあ」

悪人をじっと見ていたわたしに、彼が聞きました。

「分からないかい？」

「放してやって」

「おまえにも、分かるのか」

「ねえ、放して」

「人のモノだから、そういうわけにはいかないのだよ」

そばに居た人が、笑いながら言いました。

「そのコは、人のモノじゃなかったのかい」

悪人は、それを無視してわたしに言いました。

「辛いけど、しかたがないのだよ」

悪人もまた、「しかたがない」と言う言葉を使ったのです。

悪人との旅で、子ども心にも悲しかったのは、そのときだけです。

そんなわたしが成長して、幼い子どもを連れて歩かなければ、ずっと悪人を恨んでいたかもしれません。

悪人のことを思い出していると、赤ちゃんがじっとわたしを見つめていました。

こんな荒野で、このコを独り遺して死ぬわけにはいかないと思いました。

空に向かって、異星人に訴えた。

「ねえ、知っているんでしょう？　親の顔を知らないのはかわいそうよ。わたしだって知りたいわ。それにほんとうの親に育てられるのがいちばん良いに決まっているわ。もともとあなたのせいで、わたしは実の親元を離れる運命になったんじゃないの」
《指図に従わないなら、弱音を吐くな！》
「ふん！　もう頼まないわよ」

風呂敷包みのような荷物を背負ったり抱えたりしながら、急ぎ足で行進しているような団体に会いました。何かに追われているようでした。

わたしも一緒に行列に加わって、逃げるように進みました。

一人の男がいつも近くに居て、食べ物を分けてくれました。

食料を捜す苦労が無くなってありがたいのですが、わたしを仕切るので好きになれませんでした。

そのうちに一行は、武器を持った民族に捕まって、檻に入れられました。

気力も体力も尽きていたときなので、拘束されながらも一息つけました。ただ、例の男と同じ檻なのがうっとうしかった。

しばらくすると、檻が燃え始めました。

異星人が助けてくれると思って、慌てませんでした。


気を失っていて意識が戻ったとき、異星人と赤ん坊がそばに居ました。

異星人は、平原の向こうからそのコの両親を引っ張ってきました。

ドローッと引きずるような布をまとって、腰と足首に紐をつけていました。

その夫婦の仲間が遠くで大勢居るのが見えたのですが、彼らは皆、綱で繋がっていました。


どうやら、腰や足首の紐は、オシャレのためのものではないのだと思いました。

《見つかると面倒なことになるから、早くしろ》

異星人に急かされました。

一緒に行動していて情の移ったコと、離れるのはせつなかった。けれど、このコが幸せになれる、良かったと言う気持ちと、ヤレヤレ一仕事を終えたという解放感もありました。

そのコをわたしと同じ運命にしたくないと思って、必死になって二人に訴えました。

「どうして手放したの？　かわいそうじゃないの」

父親は自分たちと一緒に居ることが、このコのためにならないと言いました。

言葉の違う相手ですが、異星人が高度な機械で通訳をしていたのです。テレパシィで話しているような感じでした。

異星人に急ぐようにと言われていたことを気にしながら、理由を聞きました。

「戦に負けた我々は、奴隷になったのです」

父親は、奴隷の生活を詳しく話した後、子どもが同じ仕打ちを受けるのが不憫だと言いました。

《そのコは両親に返すのだろう？》

迷いが生じました。

父親が言いました。

「我々はこのまま黙って、強者に屈しているわけじゃない。いつか反乱を起こすつもりではいるけれど、成功するかどうか分からない。それに戦いが、子どもにはたいへんな負担になるだろう」

「でも、このコと別れるのは辛いでしょう？」

母親が、はっきりとした口調で言いました。

「足手まといになりますから、連れて行ってください」

そう言いながら、唇が震えていました。

「このコが繋がれるのは嫌。わたしが自由な土地に連れて行って育てます。心配しないでください」

「今、元気なこのコを見て、安心しています。少し見ないうちに、ずいぶん大きくなったこと！　ありがとうございます」

母親は、片手で自分の大きな胸を押さえました。

「まだ止まっていないのね。痛いのでしょう？　最後のお乳を飲ませてやってちょうだい」

授乳させている母親の胸は、キンキンに張っていました。

実の親子は見詰め合っていました。

「このコのなまえを教えてください」

「育ててくれるあなたの、呼びやすい名が良いでしょう」

父親に言われました。

背の高い人種ですし、高い原野で出会ったので、「高野《こうや》」としました。

あのときのわたしの決心は、間違えていたのかもしれません。

将来、高野に重荷を背負わせることになるとは、思っていませんでした。

話はドーンと先に飛びますが、高野の子孫のなかには、世間から「鬼」とか「天狗」とか言われている者も居ました。山のなかに隠れたり夜に活動したりしたのは、容姿のせいです。隔世遺伝だかなんだかよく知りませんが、数世紀後に先祖の黄色人種離れした姿や顔かたちの子が、突然、生まれたりしたのです。

テレビや写真入りの本も無い時代です。成長した高野を始めて見た人が、後ずさりをすることもありましたよ。モンスターのように思えたのでしょう。逆に、高野の姿を立派だと言って、惚れた女も居ましたがね。高野と対照的に体の小さい異星人は、森の妖精に見えたようです。

異星人の容姿も、あなたが決めてください。

思い浮かばない人は、目が細くつり上がっていて、耳が尖っていて、頭についているアンテナは角のように見えて……などと、空想してください。

異星人を目撃した人も、ビクッとしていましたよ。

紀元前では、皆と容姿の違う異星人や高野やわたしなどを、気味悪いとか怖いとか思う人も居ましたが、抹殺しようとはしませんでした。時代が進むに連れて、異類を排除しようと言う意識が強くなったようです。

その後、空飛ぶ舟に乗せてもらいました。

地球の大気圏のなかでは太陽熱を利用して飛ばしているのだと、異星人が話していました。

空から地上を始めて見たときのわたしの驚きを想像してください。空飛ぶ舟は、どんどん上昇したりもしました。自分たちが球の上で暮していると言うことを実際目の当たりにしても、なかなか信じられませんでした。宇宙の暗い場所にも行きました。進むに連れて星たちが飛ぶように通過していって、空中に吸い込まれそうで怖かった。限りない天空に想いを廻らせた、子どものころの恐怖が蘇ってきました。

「もう帰りたいわ!」

地球に近付いて地上を見ると、やはり吸い込まれそうでしたが、今度は気持ちが良かった。

《実の親のことが、そんなに知りたいのか》

「教えてくれるの?」
《また、自分で捜しに行く気はあるか》
「ううん。もうこりごり! 教えてよ」
《教えるのは簡単だ。だがおまえには、道中そのものの楽しみを教えたいのだ。その試練を与えてみたが、おまえは結論を急ぎすぎる。もう一度、挑戦する根性はないのか》
「根性なんて、大きらい!」
《生まれた土地のことを知りたくないのか》
「実の父親は、わたしの存在も知らないんじゃないの。わたしをさらった悪人はどうしているの?」
《悪人ではない。天の命令でおまえを連れていったのだ》
「そんなこと、通用しないわよ。異星人であるあなたたちの言うことを全て聞いていると、人としての道を外れるわ。でも罪を犯した者も、それで人生が終わりということは無い。後の考え方、生き方が問題ね。あの悪人はどうしているのかしら」
《おまえは悪人だと思い込んでいるようだが、それは誤解だ。また、おまえに関わりのあったヤツらは、すでに死んでしまった》

「それなら、もういいわ」
高野のことのほうが気がかりでした。
「わたし一人なら、どこでも生きて行けると思う。でも、どんどん成長してくるこのコを抱えて、やっていけるかしら？　ずっと傍に居て、力を貸してくれる？」
《愚かなおまえの、ずっと傍についていろと言うのか》
「あっ！　やっぱり止めておくわ。あなたのような自分の考えがいちばん正しいと思っているような人は嫌だわ。しかも、人の生き方にまで自分の考えを押し付けて！　それぞれの意見や人生を認めないなんて、ふざけないでよ！　わたしは誰にも支配されたくない」
《この星で生きている者たちを救いたいから、指導をしているのだ》
「この星で生きている者たち？　人のことは知らないわよ。そうだ！　東に向かった一族に頼るわ。お姉さまは怖いけれど、一族はわたしに采配を振るわないから快適だわ。連れて行ってください」
《やはり人間は悪だ。自分勝手な都合で、一族を利用すると言うのか》
「はい」
《一族のために、何かをしてやろうという気持ちはないのか》

「このコのお父さんの話を聞いていて、わたしはやらなければならないことから逃げていると思ったわ。でも残念ながら、彼らのような立派な志は持ち合わせていないの。誰かのために役に立ちたいなんて、ゼーンゼン思わない。確かにわたしは、このコのために相手を利用するのよ。でも、それはお互いさまだと思わない？　彼らだって、わたしを」
《へ理屈を言うな！》
「こんなの、へ理屈じゃないわ。そうそう、あなたに教えてもらった仙丹を飲むと中毒死すると言うことを、皆に伝えたいわ。会えば、鉱脈のありかや病気に効く薬草を聞かれると思う。そのときは独りきりになってお伺いを立てるから、そっと教えてね。彼らはわたしに指図はしないけど甘えてくるのよ。困ったものだわ」
《勝手なことを言うな！　それに人間はやはり、欲もどんどん出てくるようだな》
「あっ！　先に国に戻ってちょうだい。秘薬は幻だと言うことを、祖国の人たちにも知らせておかないといけないわ！」
《ヤレヤレ》

祖国では、今まさに仙丹を試そうとしている人が居ました。

わたしはその人に説明をして、皆にも伝えてくれるようにと頼みました。

なぜか義弟に会いたくなかったので、逃げるようにして空飛ぶ船に乗り込みました。

空飛ぶ舟は海の上を飛び、東に行った一族のもとに向かいました。

海に囲まれた島が見えました。

異星人が言いました。

《おまえはこの島で生まれた》

「まさか。悪人が一人で、こんな海のかなたから大陸にわたしを連れていけるわけがないじゃないの」

《嵐で舟が転覆した。二人の子どもを助けて、この島に降ろした。男と女だった。おまえはその二人の娘だ》

「創り話でしょう？　それならどうして、あんな遠い大陸で育ったと言うの？」

《二人に教える大人が居なかった。二人は何ごとも、研究を重ねながら生きていた。成長した女がおまえを産んだとき、人間の赤ん坊がすぐには歩けないことを知らなかった。泣くばかりのおまえを、どうすれば良いのかも分からなかった。男が舟を作った。二人はおまえを乗せて舟を押しながら、天を仰いで子どもを助けてくれと訴えた。自分たちが海で

救われたから、海には無限の可能性があると思ったようだ》

「それであなたが拾って、悪人のところにわたしを降ろしたと言うの？　二人に、育て方を教えれば良かったじゃないの」

《信じている二人を、裏切ることは出来なかった》

「それなら、弟や妹もわたしと同じ運命になるわ」

《その後は、生きていくためのいろいろなことを伝授した》

「最初からそうすれば良いのに、そんな境遇に置かれた人間がどうするのかを、試したのね。あなたのやりそうなことだわ」

人間がこの異星人に観察されていることを知って、腹が立ってきました。

「何をしているのよ！　早く飛んでよ」

海に流れ込んでいる、ゆったりとした川がありました。

「待って、待って！　この川はどこから流れてきているのかしら。案内してよ」

川の上流に向かっている途中に、思いつきました。

「ちょっと待って！」

「ここで降ろしてちょうだい。体を洗いたいの」

《またか》

そこでは大蛇が川を泳ぐのを見ました。

また空飛ぶ舟に乗りました。

機械が急に故障して、地上にスーッと降りました。

今世紀、大蛇と出遭った場所の南の山に、磁石石《じしゃくいし》と呼ばれている岩があります。近くに行くと、磁石の針が正しく作動しません。その石の影響で墜落したのかどうかは、わたしにはわかりません。磁石石は、空飛ぶ舟の一部かな。

四　降臨

落ちた瞬間、わたしは意識を失っていたのです。

気がつくと、岩屋のなかに寝かされていました。

涼しい岩室《いわむろ》のなかを歩き回っている数人の男は、腰に何かを巻きつけているだけでほとんど裸、毛深い身体の人たちでした。

岩の天上の窪みに隠れている異星人の姿が、見えました。

返事がありません。落ちたときの衝撃で、異星人はけがをしているのかもしれないと思いました。

「あのコは、どこ?」

高野が見当たらないので焦りました。

暗闇のなか、様子を伺っていて、村長《むらおさ》らしき人を見つけました。彼に取り入っておけば、三人とも安全だろうと考えました。

他の人たちが出て行ったので、立ち上がって科《しな》を作りながら村長のそばにすり寄りました。
人の良さそうな村長は、困った表情でニコニコしながら避けたのです。
《この男に、そんなものは通用しないようだな。おまえがどう対処するのかと見ていたのだが、そんな手段しか考えつかないのか。やはり、人間は愚かだ。早く、子どもを捜しに行け》
「あのコがどこに居るか、分かっているのでしょう?」
《いや。機械がバラバラに飛び散ってしまったので、居場所が掴めない。気がついたとき、引っかかっていた木の下を、おまえが抱かれて歩いているのを見たので、追ってきた》
テレパシィ器は無事のようでした。
「機械が壊れてしまったのなら、これからどうするの?」
《また、作り直せば良いことだ》
「何か、わたしにお手伝いできることはある?」
《ない》
「地上の材料で作れるの?」
《おまえと違ってアタマを使うし、おまえと違って根性もあるから大丈夫だ。それより、

二人でやっていけるのか？》

「おまえと違って、おまえと違ってなんて、うるさいわねえ。わたしだって、ちゃんと高野を育てられるわよ」

村長がわたしのほうを見ました。村長には異星人の声が聞こえません。さきほどから外国語で独り言を言っているように見えるわたしの声が、怒った口調になったので、気になったのでしょう。

「あなたに怒っていないのよ。小さな子どもを知りませんか」

わたしの必死の身振りが、相手に伝わったようです。

村長はわたしの手を引いて、外に出ました。『あっちに行くように』というふうに手で示して、自分は仲間と連れ立って出かけていきました。

村長の指示に従って行くと、人々が生活を営んでいる広場に出ました。

女たちがしゃがんで、集まっていました。

中央に色黒で眉毛の濃い唇の厚い女が居て、筋肉質の肩に草で編んだ蓑のような衣を引っ掛けていました。何かを洗っていて、それを数人が取り囲んでいるのです。洗濯にしては、わたしのようなヒラヒラした布を着ている人は居ないので、採りたての野菜か何かをきれいにしているのかもしれないと思いました。

小高い山の林のなかは、丈の長い下草がボウボウと生えていました。

この山のなかに迷い込んでいるのなら、獣や毒虫に襲われるかもしれない、それよりあのコが怖がっているのではないかと思うと、気がきではありませんでした。

『山の神さま、高野を返してください！　いいえ、山の神さま、あのコを守ってください！　あのコを助けてください！』

念じながら、急ぎ足になったときです。

背後から、細いモノが襲いかかってきました。

男か女か分からない、上半身裸の人間でした。

相手を掴まえたとき触れた、黒くて長い髪の毛はモチモチとした手触りでもつれていました。

「洗わないから、そんなふうになるのよ」

そう言いながら、獣のような人間と取っ組み合いのケンカをしていました。

みんなが無視しているのが、不思議でした。

ひっくり返ったときに、下半身に巻きつけている衣類のあいだから恥毛を目撃しました。

成長した女だと知って、手加減をしないで投げ飛ばしました。

女は、細い身体を折りたたむようにして泣き出しました。背中がなまめかしく見えたので、連れ合いの男に仕返しをされるだろうと思って、周りを見回しました。

木の上に男が居ました。一瞬身構えたのですが、わたしたちの戦いを見物していただけのようでした。

遠くのほうを見渡すと、先ほどの逞しい女がこっちを見ていました。そして、「うん、うん」と頷いて見せて、何かを言った。怒っている様子ではありませんでした。

《もともと攻撃的なあの人間は、皆に嫌われてますます凶暴になったらしい。おまえが投げ飛ばしたことに対して、礼を言っているのだ》

異星人の言葉で、緊張が解けました。

落ち着いてよく見ると、衣類か野菜を洗っているように見えたのは、高野の世話をしてくれていたのです。

「高野が居る！」

安堵すると、地面に叩きつけた女がけがでもしなかったかと気になりました。

女は、まだ泣き続けていました。

誰も声をかけようとしません。手を貸そうともしませんでした。

事情も知らないのに、決めつけて言いました。

「ずっと、疎外されていたいの？　独りで居るのが快適じゃないようね。だからわたしにかかってきたのでしょう？　自分が変わらないと、周りの人たちもそのままよ」

この地には、村長のような穏やかな性格の人ばかりが住んでいるのではないことを、知ったのです。


一族のことも気になりましたが、『いつまでも生きていたいなんて欲を出して、仙丹を飲むような人が居たとしても、それは自分が悪いのだわ』と思いました。第一、異星人の空飛ぶ舟が動かないのですから、一族のところに飛んでいけなかったのです。

取りあえず、この村に置いてもらうことにしました。

墜落の衝撃で、わたしの眉間にあったルビーのようなホクロも取れてしまっていました。そこから異星人にわたしの危険が伝わっていたのですが、それが取れて異星人から自立したようなものでした。異星人は、姿を見せませんでした。

おせっかいをしないし、それでいて親切な人々のおかげで、自分のしたいようにして暮していました。野生の米を見つけて水田による栽培を試みたりなどして、いろいろなことをし始めました。わたしのすることを見ていた村人が、真似をしていました。

ときどき異星人が、空を竜のような雲に乗って飛んでいるのを見かけるようになりました。

異星人に聞けば、一族の消息が分かると思いましたが、なるべく関わりたくないわたしは、空を徘徊している異星人をも無視していました。異星人にはわたしの魂胆など読めていたはずですが、咎められないのを良いことに日々を過ごしていました。

わたしは、「獣や湿気を避けるために、高床にするのが良いわよ」とか、それまでの茅や葦の壁に、「草や藁を切ったものを泥土に混ぜて、塗りつけるのはどう？」などと、自分の祖国の住まいを思い出して、提案したりしました。

お互いの気持ちが通じるくらい言葉も覚え、馴染んできていたのです。

そうなると、手探りで毎日を消化していた日々と違って、いろいろ見えてくるものです。

高野は、宝物のように扱われていました。容姿が異なるので珍しいからオモチャにされているというより、天空から降りてきた子として大切にされていたのです。

わたしのことを、高野の乳母的存在と見ている人も居れば、母親だと決めている人も居ました。

高野は村人たちに期待をされて、将来、わたしと同じ悩みが生じるのではないかと、心配になってきたころでした。

高野が、ベッタリとわたしにくっつくようになりました。

仲間を怖がっているようだなと感じました。大事にして育てたので、気の小さなコになったのかもしれないと案じました。

鍛えるために、わたしの衣をしっかりと掴まえている手を無理やり離し、子どもたちのなかに置いてその場を離れました。

用をたして戻ると、高野が噛まれていた！

高野の心の痛みを思うと、もっときちんと見ておくべきだったと悔やみました。

特別扱いをされている高野に嫉妬しているのは、その噛んだコだけではないということも分かりました。

皆に言いました。

「天子はこのコだけじゃないわ。大人も子どももみんな神の子なのよ。……」

懇々と話したのですが、聞き入れてくれませんでした。

天上から降りてきたという物的証拠のまえでは、言葉の力は弱かった。義姉の迫力と義弟の巧さがあっても、説得できなかったと思います。人間は、目に見えることには惑わされるものなのです。

このままでは、村の子どもたちの性格にも悪影響を及ぼすのではないかと思い、消極的な道を選んで出て行くことにしました。

東のほうへ進みました。村人に見つからないようにと考え、ゆったりとした川に流れ込んでいる渓谷を遡っていくことにしました。人間にとって水は必需品です。両側から山が迫っています。シダが生い茂り、爬虫類などが居ました。

生きているモノを踏み潰すのは、嫌でした。

高野にも注意をするのですが、前を毒蛇が這っていても気にしないで、目的に向かって突進するコでした。わたしは、ヘビなどをいちいち摘んで避《よ》けなければなりませんでした。

後世で、ヘビ避けの呪文に唱えられているモデルはわたしなのかしら。

「我が行く先にニシキマダラのムシあらば、ヤマカクオンナに見て取らせ。我が行く先に錦斑の虫あらば、ヤマカクオンナに見て取らせ。我が行く先に……」

「ヤマカクオンナ」を漢字で書くと、「山爬女」と書くのでしょうか。（ちなみに爬とは、手で引っかくとか、地面をかくようにして歩く、這うなどという意味。）

数箇所から滝が流れ込んで、水の精が苔の生えた岩のうえではしゃぎ、光の精が飛び跳ねていました。

自然の美しさに見とれているあいだに、高野が居なくなっていました。

「高！　コウーッ！」

叫びながら大きな岩によじ登ろうとしたときに、苔でツルッと滑って川の深みに落ちた。キラキラとした水面から顔を出して上を見ると、人間が立っていました。輝いてよく見えませんでしたが、シルエットから背の低いのが高野だと分かりました。

現住民に捕まったのかと思い、相手の表情を確かめたくて目をパチパチとさせました。

「大丈夫か？」

聞き覚えのある声でした。

失踪したわたしたちを捜しにきた、村の男だったのです。

男が一人か数人か、この話を聞いてくださっているあなたが決めてください。

彼（ら）は、わたしたちの道連れになりました。

賑やかになって、高野は嬉しそうでした。

五月人形の掛け軸にありますね。滝のところでモコモコ太った足を踏ん張って、自分と同じくらい大きな魚を抱えている、あの絵の男の子のようにノビノビとしていました。


彼（ら）とわたしの関係が、気になっている方もいらっしゃるようですね。

さあ？ どうだったのでしょう。

もし数人だったとして、わたしが何人も相手につるんでいたからと言って、それをおかしいと決め付けられませんよ。何しろ、紀元前の話ですからね。

明治ごろ、夜這いの風習のあったところも存在します。同じ夜、二人の男が顔を合わせて、「おれ、今夜は帰ることにすらよう。明日の晩に来《く》らよう」などと言って、争いにならなかったようです。

ただし、わたしはマイペースでした。紀元前の常識がどうであれ、それに沿って行動する性格ではありませんでした。

上流へ上流へと進んで行きました。

川上に明神岩《みょうじんいわ》と言われている、松の木や銀杏の生えている丸くて大きな石があります。それはまるで、古い書物に登場するスサノオノミコトに切られた、ヤマタノオロチ（大蛇）の一部のようです。この岩には、大蛇の伝説が残されています。この岩はまた、江戸時代に書かれた続〇〇風土記に、「村より二十町許《ばかり》西にて川の中にあり、此邊《このあたり》川床一面の石にて平なる事疊（畳）を敷くが如し。其上に明神岩といふあり、人の居（据。す）え置くか如し形は一の大桃を盤に盛に似たり。其奇絶言葉に盡（尽）くしかたし。土人これを明神影向岩とていふ、今圖（図）して其形状の大略を明かすのみ、もしこれをして通都大邑に近く人到り易き地にあらしめは、世の人皆蝿営蟻雑して来たりてこれを賞せん。惜しむらくは深山無人の境にありて知る人稀にして、其名の聞こ江さるは嘆息するに堪たり」とあり、絵も載っています。

いろいろな刺激の楽しみがある現在においては、たとえこの岩が町中にあったとしても、ハエやアリが寄ってたかるように、人が集まるとは限りません。訪れる人はマムシに注意！毒へビに遭遇しますが、わたしの幻に出遭えるとは限りませんよ。実はここに出ている「明神影向岩」の明神とは、わたしのことらしいのです。

この思い出の川に今、国土交通省が多目的ダムの建設の計画をしています。わたしの話は飛ぶでしょう？　『秘話』や『悲話』でなくて、『飛話』ですね。すみませんが、また紀元前にタイムトラベルしてください。

茅の生えている沼の盆地が広がっている景色も見ました。その地に手を加えれば、すばらしい水田ができるだろうと思いました。

同行していた連れ（たち）は、大陸から渡ってきた一族のように、鉱脈を探し求めての移動ではありませんでした。実に楽しそうな彼（ら）を見ていて、異星人に出された宿題を思い出しました。

道中そのものの意義が、分かったような気がしたからです。

あっちこっちの集落を、育った土地で覚えたやり方で稲を作りながら移り住んでいきました。行った先々で杖を刺してはその地に少し滞在して、田を作りました。この杖は後に忌杖と呼ばれるようになりましたが、矛《ほこ》は山に登るときに便利、チョンチョンと土を掻いて足場にしたりできる。太陽暦のためにも使えます。

主に狩猟や採集の生活を営んでいた人たちに、稲作を伝え広めると言う目的を持っていたわけではありません。まあ、好奇心旺盛な冒険家と言うことです。

わたしは米が大好物でした。それに育った土地の田んぼが恋しかったのです。きれいに並べて苗を植えた水田に、雨がポタポタ落ちる風情を眺めながら大満足していました。稲刈りの後の風景、擦り殻の燃える煙のにおい……、それらの情緒を味わえて幸せでした。

言葉だけの授業をして、発った村もありました。その村の人たちはわたしの話を信じて、季節ごとの作業をして米作りをマスターしたのです。模索しながら、わたしのよりおいしい米を作り出したようです。

年貢などという制度も無い時代です。皆、楽しみながら農作業をしていました。そんなノビノビとしたやり方が、野生の米と相性が合ったのでしょう。米も生きているから、作り手の気持ちにマッチしないと、ストを起こして育ってくれないのです。

ほんとうにあの時代は、何でも自由でした。人と違うことをするわたしを、村人たちは黙って見守るどころか、協力してくれたのですから。

今世紀は不自由です。例えば、病院で親が死に、遺体を家に連れて帰ると、村人たちが勝手に襖や障子を外して葬式の準備をしていたそうです。驚いた息子が、葬祭式場で行う段取りになっていることを告げた。以来、息子たちは村八分的仕打ちを受けているようです。過疎化する原因の一つかもしれません。伝統を大事にするのは良いけれど、それに固執したり振り回されたりすると、マイナス方向への道を辿ることになりかねません。

また話が飛びましたね。紀元前にワープしてください。

わたしの話を聞いた村人たちが、試行錯誤しながら、道具を作って布を織る者も居れば、酒造りに挑戦する家族も居ました。

何かと困難にも出遭いますが、それを乗り越える喜びもあって、毎日、生き生きと暮していました。

そんな道中で、水銀の鉱脈を求めて進んできた一族に合流したのです。

一族に再会してすぐに言いました。

「神のお告げがありました。仙丹を飲まないようにとのことです。空を飛びたいとか、老いることなく生き続けたいと願っていましたね。人間としての限界では満足できなくて、仙丹を飲んで、手っ取り早く天仙になろうとする人も居ました。その結果、命を落としたのに、仙丹のせいにしたくなかったのです。何しろ夢の秘薬ですものね。夢を壊さないために、別のことを原因に仕立てて、現実をごまかしてきたのでしょう。人間が仙丹を飲んだところで、空を飛べるということはないし老いないどころか死んでしまう。禁断と言うと、かえって妙薬だと受け取る人が居るかもしれません。自分だけ生き延びようなんて、欲は捨ててください。欲も使い方次第、進歩や活力につながりますがね。寿命より、いくつになっても成長する愛情と知恵を育むことに力を入れたいものです。ほんとうの丹とは、別のものです。心を落ち着けて、雑念を追い払うことによって、自分のなかに不老不死の純粋な『丹』が作り出されるのです。わたしが実際に身を持って示せば良いのですが、不老不死には興味が無いし、そんな面倒なことをする気もありません。でもどうか、わたしの言葉を信じてください」

「もちろんですとも、稚姫さま。あの嵐のなか、海に落ちても生きておられるのは奇跡です。稚姫さまのお言葉を信じない者はおりません」

「危険な仙丹の取り扱いには気をつけてください。それは、この川で泳いでいる魚たちへの影響も考えなければなりません。でなければ、この生業は必ず絶えることになるでしょう。それだけではありません。誰かを苦しめた分、必ず自分に跳ね返ってきます」

「稚姫さまのお話は後でゆっくり伺います。稚姫さまがご無事なことを、大姫さまにお知らせしなくては。大姫さまの嘆き悲しみようは、それはそれはたいへんなものでした。稚姫さまを誘ったのはご自分だからと悔やまれて、大姫さまも海に飛び込もうとされたのでございます。それと、恐れ入りますが、早速、鉱脈のありかをお教えいただきたいと思います」

一族は、わたしの長い演説を早く終わらせたいようでした。異星人が言うように、人間は目先のことしか考えないし、欲張りなのだと感じました。鉱脈が無くても生きていけるからです。

「より豊かな生活を望むのは、悪いことではありません。ただし、自分にとって都合の悪いおもしろくない話にも、耳を傾けるゆとりの無い人たちには、鉱脈の場所は言えません。ゆとりの無い人間に豊かさは、かえって害になります」

わたしの話を聞いていた人たちのあいだで、私語が発生しました。小さな声で囁きあっていたのですが、わたしの耳に届きました。

「大事に育てられた大姫さまと違って、意地が悪いわね」

「子どものころからだったが、相変わらず頑固だな。これから年を取ると、ますます個性が強く出てくるだろうよ」

相手に理解をしてもらうために、これ以上、工夫して語ろうとは思いませんでした。取りあえず、言うことだけは言ったと思うと、義務感から解放されました。

一族の通ってきた道中で、鍬のような木製の道具を使って稲を栽培していた地域があったそうです。水田でなく、畑を耕して作っていたのです。焼き畑での栽培が適していると言われている、いわゆる熱帯ジャポニカ米です。

我々以外にも、この国に水田による稲作農耕を伝えた人たちが居たことでしょう。

一族の象徴にされていたわたしを、村の人たちまで神と呼ぶようになりました。

「あなたたちがわたしを神扱いするものだから、土地の人たちまで真似をしているではありませんか。わたしはただの人間よ。薬草などは、天の使者に教えてもらっているのだし、技術を広めたのはあなたたちの力でしょう? お米を作ることにおいて、人間のわたしより、昼間、天界で輝いている赤くて大きなお日さまのおかげだということを、みんなに伝えてください」

「お名まえから稚姫さまを月にたとえるのなら、あのお日さまは大姫さまに似ています」

「そうね。これからはあのお日さまをお姉さまだと思って、お祈りすることにいたしましょう」

わたしたちは、太陽の恵みに感謝するとともに義姉の無事を祈って、毎日、拝むようになりました。

その後のわたしの人生はまた後ほど聞いていただくことにして、ここからは、数世紀後の様子を覗いてください。異星人が記録した映像です。

一族が移動し、各地に散らばりました。それぞれの場所で、少女たちにわたしの魂の託宣を受けさせていました。

託宣、神託、お告げ、あの天の声と言うのは、遺伝子が記憶している潜在意識のことです。

ほら、あなたも体験がありませんか?

おばあさんの里に行って、前に来たことがあるような気がしたこと。あるいはまた、初対面の人を見た瞬間、懐かしく感じ、話してみると気楽で居心地が良い。そんなとき、結婚まえのおかあさんの親しい人のなかに、ソックリの顔や雰囲気の人が居たりしますよ。

そんな内在している意識に耳を傾けやすい状態に持っていくためには、無になる。部屋で籠ったり、滝に打たれたり、木陰で横になったりと、手段はいろいろあります。細胞の偶然の組み合わせで、先祖の記憶を異常にはっきりと受け継いで生まれてくる子がある。そんな少女が優秀な巫女と言うことになります。その巫女が、わたしの子孫とは限りません。わたしの思い出話を聞いた者が、まるで自分の体験のように強烈に記憶に取り込んだと考えられます。

この映画の主人公の巫女には、高野や義姉一族の血が入っているかもしれません。姫の尊と呼ばれて崇められ、巫女たちのなかでも特別の霊感を持っている少女でした。「姫の尊」は「ヒメノミコト」ですが、通称、「ヒメミコ」です。「皇女」「女王」など、いろいろな漢字が当てられます。

「ヒメ」ばかりでややこしいですが、義姉のことは「オオヒメ」で太陽神とされ、わたしは「ワカヒメ」となっています。

五　巫女

「ああーっ、もう飽き飽きするわあっ」

まだ幼さの残っている少女が、頭を激しく振りながら叫んだ。

「こんなところで、一生を終えるなんて、息が詰まってしまう」

「あなたには、姫尊《ひめみこ》としての任務が重すぎるかもしれないね」

傍に居た男が、突き放すように言った。

女は首を振りながら丸めていた背中を伸ばし、キッとした目つきになった。

「思い切って言うわ。あなたは昨夜も姉の寝やに行きましたね」

「えっ？」

「隠しても無駄です。わたしには何でも分かるのです」

男は首を振った。

「困ったものだ。誰かに無理やり聞き出したね。姫尊なら、はしたない言動は控えなければいけないよ」

「わたしのところには、どうして来ないのですか」

女の唇が震えていた。

「はあ?」

「い、いいえ。姉のところにあなたが通うように、いつか妹のところにも誰かが行くのでしょう? どうして、わたしの寝やには誰も来ないのかと聞いているのです」

「あなたが姫尊だからですよ」

「もし姉が姫尊になっていたなら、あなたはわたしのところに来ていたかしら」

「さあ? そうなっていたかもしれないね。昔、村の衆たちのやる気が無くなったことがある。毎日、いさかいが起こって、姫尊の提案を受け入れなくなった。政治の中心の宮司が、神の使いである姫尊を独り占めしていたからなのだ」

「それでは、わたしはあなたや他の男たち皆の妻となりましょう」

「ただ平等にすれば良いということでもない。男と交わると普通の女と同じとなり、人々は崇拝しなくなる」

「人と異なる生活を強いられる姫尊が、なぜ必要なの?」

「皆が口々に自分を主張していると争いが絶えないから、まとめ役が要る。以前、すべてを父が仕切っていたのだが、エーー」

言いよどんでいる男に、少女が促した。

「知っているわ。横暴でそれでいて頼りない尊だったのでしょう？」

そう言ってから、あわてて手で口を押さえた。

「ごめんなさい」

「父は周りから大事にされて育ったために、わがままなだけの個性が現れたのだろうね。若いころは、周囲がなんとか繕っていたが、だんだん隠しきれなくなった。皆から尊敬されなくなり、治まりがつかなくなった。それでワカヒメさまのころのように、女を尊として立てた。無垢な巫女の受けた神託だと言うと、村人たちは互いに譲歩して円滑に政治が行えるようになった」

少女は頬を膨らませて、男を睨みつけていた。

そんな少女に男が言った。

「まえから、聞きたいと思っていたことがあるのだが」

「なんですか」

「巫女になることをどうして、自分から申し出てきたのかね？」

「ずっと、あなたのお傍に居たいと思ったからです」

男は、目を見開いた。

少女は両手で顔を隠すようにして、泣きじゃくり始めた。

「ウッウッ、あなたが宮司に選ばれたとき、ウッウッ、あなたのところだけが輝いて見えたの」

男は立ち上がって、次の間に近付いて行った。

男の歩いていったほうには簾が下がり、暗い奥の間が見えにくいように造られていた。部屋の後ろは岩壁で、外はうっそうとした濃い緑の木々が茂っていた。左右の縁は腰より低い柵、高欄に囲まれ、鴨居からは布が垂れていた。隣の下《しも》の間の正面は、明るかった。その部屋は高欄だけで帳《とばり》は無かった。地面より高い床の建物の、高殿、楼観《ろうかん》である。周りは、玉垣が取り囲んでいた。

道の向こうに、朱色に塗られた鳥居が立っていた。遠くに離れている一族からの知らせを書いた布を、足にくくり付けられた鳥（伝書鳩的な役割を担っていた鳥）が飛んできては、鳥居の上にとまった。また神域との境界でもある鳥居を、村人がくぐって相談にやってくるのである。

「ウッウウッ……」

ひとしきり泣いていた少女はそっと顔を上げ、男の様子を窺った。少女の目に、涙は見えなかった。簾の向こうの外を見ていた男に、少女は話し掛けた。

「わたしだけではありませんでした。あなたに振り向かれると、皆、胸がクッと痛くなったのだと思います。恥ずかしそうで、それでいて嬉しそうでしたもの。そんな女の子たちのなかで、わたしだけがあなたの近くに……もう天にも昇るような気分でしたわ。それなのに、こんなはずじゃなかったわ。わたしは、なんてかわいそうな運命なのでしょう」

少女の目が濡れ始めた。

「シュン！　シュン！　ウッウウッウウッ……！」

少女は大粒の涙を落としながら、ひとしきり泣いていた。

しばらくすると、顔を高潮させせながら言った。

「宮司も姫尊と同じように、誰か一人のモノになってはいけないのではないでしょうか」

振り向いた男の顔が険しかった。

それに気付いた少女は、とりなすように言った。

「泣くと、すっきりしました」

「涙は、圧迫感も一緒に出してくれるから」

男の口調は不機嫌そうだった。

「偉そうな口のきき方をして、ごめんなさい」

男は暗い声で言った。

「姫尊の姉上は、姫を産みたくないと言っていた」

「はあ？」

「あの人は、神の言葉を受ける立場になることを嫌がっていたね」

「姉？　姉の話ですか。そうですねえ。はいはい。姉は両親に、『お許しください』と頼んでいました。でも、『昔から決まっていることだから』と退けたわ。父も母もご自分の苦労を並べるばかりで、人の痛みを理解しようとしないの。姉は人に采配を振るったり、人まえに出るのを好まない性格です」

「そうだね」

「だから、だからわたしが巫女になることで、姉や幼い妹を辛い目に合わせなくても済むと思ったのです」

「姉妹の犠牲になったのだね」

「その通りです」

少女の顔が輝き、いかにも得意そうな表情でした。

「そんなに辛いのなら、無理をして続けていかなくても良いのだよ」

からかうような言い方だった。

「つらい？　そんなことはないわ」

少女はきっぱりと言い切った。

「あなたと親しくお話がしたかったのですもの。それに気持ちが良かったわ。姉だけでなく、妹も父母も救ったのだと思うと、満足感を覚えました。辛いどころか、ウキウキしたわ。だって、わたしは姉と違って、皆の注目を浴びる晴れがましいことが快感だもの」

「姫尊が正直な性格で良かった。でなければ、神の言葉を自分の都合の良い部分だけ伝えて、皆を従わせようとしたことだろう」

「そんな！　とんでもない。ワカヒメさまに罰を当てられます」

「そう、あのお方は怖い神だ。昇天されてからも、目を光らせておられるのだから」

男が明るくなったのを見て、少女は言った。

「ワカヒメさまは、お子さまをご出産されたことがおありでしょう？」

「言い伝えだけでは、真実かどうか分からない。自分の目で確かめたわけではないのだから」

「目で見えなければ信じられないなんて、神に仕えている人とは思えないわ」

「何でも、鵜呑みにしてはいけないということだよ」

「わたしは、ワカヒメさまを真似たいと思います」

「そんなふうに話を持ってくるだろうと思っていた。子どもを産みたいのなら、身につけている装身具を外し、姫尊でなく、ただの姫に戻ればよろしい」

「いやよっ！　わたしはこれが大好きです。外すなんて、とんでもないわ」

少女は、首の飾りを押さえて頭を振った。

「そう言えば、姫尊は小さいころから姉上の持っている物を欲しがってばかりいたね」

「そうかしら」

「どんなつまらないものでも、何でも取り上げていた」

「そうだったかしら」

「そうだ！　首の飾りを取って、姉上のような暮らしに入りなさい。そうすれば、わたしは今夜にでもあなたのところに行くよ」

「いいえ。姫尊は辞めません。それに、あなたに憧れたのは、あなたと姉が結ばれるまえからです」

「憧れと男に対する想いは異なるのではないかな。あの空で輝いているオオヒメの神も天空におられるからこそ、ありがたいのであって、もし地上に降りてこられると、人間は皆、死んでしまうらしい」

「んまあっ！　わたしが人間で、あなたがオオヒメの神さまと言うことですか」

「いえいえ、めっそうもない！　このたとえ話は適切ではなかった」

「フフフ」

「姫尊は宮司と言う立場にひかれたのかもしれないな。迷いは誰にでもあります。わたしにもあった」

男は座った。

「からかっているのですか」

「わたしは天と地を結ぶアメノムスビ、その家に生まれたことを恨んでいた」

「ええっ！『その家に生まれたことを恨んでいた』ですって！　じゃあ、姉と同じだわ」

「だから我々は意気投合した。自分の分身のような気がしたね。あの人と話していると、

られる」

「父が皆を困らせていたのは、座っている場の圧力が重くて、耐えられなかったとも考え

「ふうん。わたしはそうじゃないわ。自分の運命をありがたく思うわ」

居心地が良い」

「あなたは、どうやって乗り越えたの？」

「向こうの部屋で、神に教えを請うているときのことだ。目のまえに小さな物がハラハラと舞ってきて、手の平で受けると花びらだった」

男は立ち上がって、楼観に出た。

ついていった女が、薄桃色の花の咲き誇っている木を見つけて、叫んだ。

「あっ！　あの木の花ですね。あそこからここまで飛んできたの？」

男は頷いた。

「風が向きを変えた。見ていると、たくさんの小さな花びらが一斉に、風に乗って移動していた」

男は手をまえに出して、続けた。

「こちらからこちらに、地面に平行に下に落ちることなく、そのままずっと視界から消え

るまで進んでいった」

「そう言えば、わたしも見たことがあるわ。風の強い日、花びらたちがみんなで連れ立って、きれいに並んで歩いているようだったわ」

「わたしにはそれが神業に思えた。その後も、わたしが疑問に思ったときはいつも何かしらの手だてで、その答えに遭遇することができた。始めは偶然だと思っていたのだが、あまり何度もあるので神の導きだと思うようになった」

「わたしも似ているわ。あなたとはちょっと違うけれど、不思議なの。村の誰かが困っている夢を見て、あくる日、その人がやってきて、あなたに訴えている姿が奥の間から見えるの。びっくりしたわ。また、どうすれば良いか、ワカヒメさまにお伺いしていると、耳元で誰かが囁くのが聞こえてくるような気になるの。あるときは、目と目のあいだからハッキリと見えてくることがあるわ。まるで、もう一つの目があるように。両目では見えないモノが見えるのよ」

少女の言葉に、男はいちいち頷いていた。

「誰かがやらなければいけない。わたしたちにはそれが出来るのだ」

「わたしたちは、選ばれているのよ、きっと」

「さあ、それはどうかな」

男は首を傾げながら、微笑んだ。

少女はまた、遠くの木に目をやった。

「ほんとうにきれいねえ。まるで神が宿っているようだわ。神の花ね」

男は、その場に座りながら言った。

「男と違って、女は辛抱強いとばかり思い込んでいた。今日は、わたしも勉強になった。そうだ！　一族の集う会合に、今年から姫尊も一緒に行こうか？」

「いいの？　もちろん行くわ」

男の提案に、少女は元気になった。

「遠いよ」

「平気よ。姉が姫を産んでも大丈夫だわ。あなたは父のように気が小さくないんですもの」


外で、騒々しい声が聞こえた。

少女は、簾の奥の部屋に入った。

男は、宮室に通じる簾の空いた部分の几帳を降ろした。

一本の道を男が走ってきた。

村人から事情を聞いた男が奥の部屋に戻り、相談者のほうを窺いながら押さえた声で少女に話し掛けた。

「はじめてお産をする者がおります」

「はい」

「腹部に少し痛みを覚えるのと同時に、不安を感じているようです。そばについている者たちが腹や腰を撫でたりして宥めても、恐怖のため叫び声を上げてばかりいるそうです」

「かわいそう」

「まだまだ長引くようですが、いざ出産の時期が来ても、子どもを生み出す力が尽きてしまっているのではないかと、周りの者たちが案じているのです」

「よく分からないわ」

「母体と繋がっている帯が先に出てきてしまって、胎児が危険だとか、そういうことではないのですよ。本人の精神状態のことです。分かりますか」

「いいえ」

「母に聞いた話ですが、お聞きください」

男は出産の様子を、さも体験があるかのようにありありと語って聞かせた。

少女はブルブルと震えていた。

聞き終わった少女は肩で息をして、苦しそうな面持ちで奥のほうを向き、座りなおした。

少女の体に痛みが襲ってきたようだった。痛みが去ると、疲れたのか眠ってしまった。

再び痛みが押し寄せたらしく、目を覚まして顔をしかめながら腹部に手を当てた。その状態を二、三度繰り返していた。

少女が静かになった。

少女は目を開けて、男のほうに向きを変えた。

男は少女の表情を見ながら、尋ねた。

「ワカヒメさまは、何とおっしゃっておられましたか」

「割れ目から血のようなものが吹き出ている、土のような塊が見えました。それは、石臼のなかに入れられ、石の杵でこなごなに砕かれていました。丹念に作業をしているのが、見えました」

「なるほど」

男は頷きながら、続けた。

「それは血ではなく、丹ですね。朱砂《すさ》を取り出しているのです」

「そうですか」

「人が死ぬと、顔や頭に特に塗ります。また、木棺や石棺や石室に塗るのです」

「どうしてですか」

「不老不死ではないけれど、丹を塗っておくと、遺骸を維持できるのです。これで銅の鏡などを磨くと、すばらしく輝くし、他にもいろいろと使い道があります。しかし、仙丹は使い方次第で、毒薬にもなるという話だがね」

「その通り。仙丹も欲も使い方次第。そんなことで弟と喧嘩をした」

目を閉じた少女の声は、別人のように低く響いた。

男は少女を凝視し、胸を押さえながら驚愕した声で叫んだ。

「弟とは、まさか！　それは朱砂の王さまのことでしょうか」

男の大きな声で、目を開けた少女の声は元に戻っていた。

「スサノオウさまがどうかしたの？」

男は胸を押さえたまま、ため息をついた。

「フーッ！　いやいや、一族の男皇子《おのみこ》は朱砂を用いることは禁じられていたのです。ワカヒメさまの弟君《おとうとぎみ》は、それが不本意で、自らを『朱砂の王』と名乗られていたそうです」

「フウーッ！」

今度は少女が大きなため息をついた。

「わたしの受けた神託は、お産とは全く関係のないことだったのね」

「そうとも限りません。話しているうちに何かがひらめくと思ったのですが、わたしの考える力が足りない」

「そんなことはないわ」

二人は考え込んだ。

「それだけですか？　天の声は聞こえなかったのですか」

「ええ」

「もう一度、耳を傾けてください」

少女が目を閉じた。

風が少女の頬を撫でた。

「ウス、ウスサマかな」

「ウスサマ？　ウスサマ、ウスサマ……」

口のなかで呪文のように繰り返しながら、男は考えていた。

「ウスサマとは、ウス様のことだろう。ウス様とは一体、誰のことだろう。石臼と関係があるのだろうか」

しばらくすると男は手を打って、部屋を出て行った。

少女は耳を澄ましているふうだった。

「産婦を、臼のある場所に連れていきなさい」

「臼ですか？」

うずくまっている男が聞き返した。

「そうです。『まるで関係がないのに』と思っていますな」

「いえいえ」

「こう言うことだ。臼を抱えさせて言ってやると良い。『これはウスサマだ。ウスサマに全てをお任せするのだ。ウスサマが良いようにしてくださる。おまえはただ、生まれる赤子の合図を待っているだけで良い』とな」

「臼に、神が宿っているとでもおっしゃるのですか」

疑問をなげかけた男が、地面に頭をこすりつけるようにして謝った。

「よけいなことを申し上げてしまいました。お許しください」

「気にしなくてもよろしい。ものごとを理解しないまま、受け入れるのは良くない。考えてみるのは良いことだ」

「ありがとうございます」

「体ごと臼にすがることで、産婦は安心して、周りの助言に耳を貸すようになると思わないかい」

「なるほど、そう言うことですか」

「杵も用意をしておいて、赤子の通る道がなかなか開かないときには、杵で搗く格好をさせると良い。いや、歩かせたほうが良いかな」

「体を動かせということですか」

「こういうことは、経験豊富なあなたがたのほうがよくご存知でしょう。それでは神のお告げを参考にしてください。無事に生まれることを祈っています」

六　笑い祭り

草露の匂いのなか、蛍が飛び交ったりして季節がどんどん変わり、暑くなって、そしてまた少しずつ日が短くなっていった。

田んぼの畦には朱色の曼珠沙華《まんじゅしゃげ》（天上の花と言う意味。インドの言語、梵語で、mañjūsaka）が並んで咲き、黄金に垂れた稲が刈り取られた。田じまいの煙の臭いがあたりに漂い、次々とめまぐるしく時間が経過していったのである。

ある日、宮司が言った。

「姫尊、もう、一族が集う日が近付いてきたよ」

「『もう』ですって！　わたしにはやっとだわ。どんなに待ったことでしょう」

「そうか、ハッハッハッ！　明日の朝、出発する予定だが、差し支えはないか？」

「ええ。大丈夫です」

姫尊が、そわそわとして落ち着きませんでした。

「今日は、集中することは無理なようだね。これで終えて、仕度にかかりなさい」

「忙しいわ」

「何なら、もう一日延ばしても、十分間に合うがね」

「いいえ。別に大層に用意することはありませんから、明日、行きましょう」

「では、明日の朝、誰の手も借りずに、自分で起きるように」

「ええーっ！」

「そうでなければ、一人前とみなすことはできないので、今年もまだ連れて行けないことになります」

「わかりました。わたしはもう子どもじゃないわ」

寝床に入った少女は興奮して、なかなか寝付けないようだった。

「夜が、こんなに暗くて静かだったかしら」

独り言を言った。

「早く寝なければ、道中、眠くなるかもしれないわ」

何度も寝返りを打っていた。

眠っても、すぐに目を覚ました。

「遅れてはいけない……起きられるかしら……ずっと朝まで寝ないでいようかしら」

呟きながら、ウトウトとしているようだった。

小鳥たちが騒ぎ、長鳴き鳥が朝を告げた。

少女の耳には、そのけたたましい声が聞こえないらしく、まるで死んだようにグッスリと眠っていた。

太陽が真上を通り過ぎたころ、寝ている少女の肢体が伸びた。

「まだ、眠いわ」

少女の片方の瞼が、重そうに持ち上がった。

「お天気そうで、良かった。うん？　うわっ！」

飛び起きて、大声を上げた。

「待ってえーっ！　すぐ仕度しますー」

少女の体がふらついた。

若い男が駆けて来た。

「宮司さまたちは、とっくに発たれました」

「そんなあっ！　置き去りにされたなんて、いやあーっ！」

事態を把握した少女は、悲鳴を上げて失神をした。

少女にとっては、初めての天癸《てんき》（生理）が訪れた朝だった。


次の日、若い男が宮室に入ってきた。

「落ち着かれましたか。宮司さまがお出掛けになられているあいだは、わたしが代わって、神託をお伺いいたします」

少女は返事をしないで、壁のほうを向いて座りなおした。

いつも通りの生活をしながら、心はどこかに行ってしまっているようだった。

若い神官は、明るい調子で言った。

「母から聞いたのですが、姫尊、あなたの体の変調は病気ではないそうです。世のなかの娘、誰にでも訪れることで、健康に成長したという証しなのだから、不安がらずに喜ぶようにとのことです。おめでとうございます。これから毎月、乗り越えていかなければならないそうですから、がんばってください」

数日、経った。

若い神官が、村の一人の老人に相談を持ちかけていた。

「姫尊が話してくれないんだよ。ぼくを見下しているか、八つ当たりをしているのだろうけど」

「母君《ははぎみ》たちとも、一言も口をきかないのだろう？」

「うん」

「精神的な打撃と身体の変化のために、すっかり心を閉ざしてしまったのだな」

「このままなら、何か事件があっても、神のお告げを話してくれそうにないよ。どうしよう。知恵を貸してよ」

老人が励ましました。

「大変だな。初めての仕事ができると言って、あんなにはりきっていたのに。準備はこちらでするから安心しなさい。うまく行って、姫尊の心が戻りそうになったとき、もう閉じこもってしまわないように、それを考えておくとよい」

「はい。分かりました」

老人は、広場に男たちを集めて言った。

「お宮からのお達しで皆に集まってもらったのだが、今日、神官さまはのっぴきならないご用ができたので、代わりにわしに伝えよとのことじゃ。実は、神の集いに行けなかった姫尊さまがガッカリして、お隠れになられたそうだ」

「朝寝坊をして、宮司さまたちに置いていかれたんだって」

「恥ずかしいんだぜ、きっと」

若者たちが囁きあった。

「これっ！　おまえたち、そんなことを言うのは止めなさい」

年長者がたしなめていた。

「ジイサンは暇なんだから、慰めてやれよ」

若者の言葉に、別の年長者が言った

「いつも姫尊に救われている我々が、こんなときこそお返しをして、慰めても良いのではないのか？」

「我々が救ってもらうために、姫尊が居るんだろう」

「そんな勝手な考えをしていると、ワカヒメさまに罰を当てられるぞ。ジイサン、話は分かった。おい、みんな！　何か良い方法はないだろうか」

「神には、幣《みてぐら》を捧げることしか思いつかないな」

「橘や榊で、姫尊は喜ぶかな」

「祭りは、どうだろう」

「姫尊を慰める口実に、騒げるのなら賛成だよ」

「祭りか！　良いのう」

「決まりだな」

村人たちを見守っていた老人が、満足そうに頷いて言った。

「ちょっと、若い衆に聞きたいことがある。残ってくれ」

年長者たちが去ってしまうと、老人が聞いた。

「神さまのお相手ができるような女を、教えてくれ」

「いっぱい、居るよな」

若者たちは、頷きあった。

「まだ穢れのない娘かね？」

「居ないね」

「居ない、居ない」

また、若者たちは首を縦に振り合った。

「どこの村の娘でも良いのだが。ほんとうに一人も居ないのかい？」

「暗いコなら、一人居るよ」

「ああ、アイツね」

「いつもふさぎ込んでいるから、構う男が居ないんだよな」

「一生、あのままだぜ、きっと」

「巫女になんて、なれないと思うよ」

「なれない、なれない、なれない」

若者たちの噂話を聞いていた老人が、叫んだ。

「その娘だ！　そのコならうまくいくだろう」


祭りの日、老人のもとに若い女が連れてこられた。

ふてくされて愛嬌の無い娘に、老人が言った。

「これを着けると、おまえはもう巫女になる」

「巫女！」

若い女は驚いて、逃げ腰になった。

そんな様子を横目で見ながら、老人は傍に居た女に言った。

「頼んでおいた衣装を、これへ」

衣装を着せようとする女を、老人が止めた。

「ワカヒメさまではなく男神に仕える巫女の世話は、男の役目だと昔から決まっている。ここはわしにまかせて、賄いの仕度の手伝いに行ってくれ」

老人と二人きりになった娘は、困った様子で訴えた。

「わたしみたいな者が、巫女なんて、とてもできないわ」

「いや、できる!」

老人は言い切った。

「なれません」

娘は、泣き出しそうな顔だった。

「若者たちが、おまえを選んだのだぞ」

驚いている娘に、老人は続けた。

「選ばれたということは、つまりそれは神さまの御心なのだ。おまえは、まえからこういう運命になることが決まっていたようだな。神さまが邪魔をされていたので、他の男たちがおまえに近付くことができなかったと思うのだが、どうだ？」

「……」

「何も心配することはない。さっきも言ったように、これを首につけたとたん、神さまはおまえの傍においでになる」

　娘が周りを捜した。

「そう、やすやすとはお姿を現さない。多分、ずっとおまえには見えないかもしれない。神さまは先ず、わしに乗り移られ、ご自身でおまえを着替えさせられるのだ。だからこそ、女が着替えを手伝えないのだよ。神さまのなさるようにお任せしておくと良い」

　覚悟がついたように、娘は頷いた。

「先にもう少し話しておこう。身支度が終わると、神は先に群集のまえにお立ちになって、おまえをお待ちになっておられる。おまえは神さまのお傍に行き並んで立ち、皆の祝福を受けることになる。神の合図があれば、踊りだせばよい。神さまも一緒にお踊りになられる」

「どんなふうに踊るのですか」

「なあに、特別な形があるわけではない。好き勝手に手を上げたり足を上げたり、日ごろの憂さを晴らすつもりで、身体を揺すっていると良い」

「恥ずかしいわ」

「神さまが求めておられるのだ。勇気を出しなさい」

「……」

「さあ、神さまがわたしのなかにお入りになられるぞ。目を閉じなさい」

老人は娘の首に、草の実を数珠繋ぎにした飾りを掛けた。

まとっていた衣を脱がせ裸にして、巫女の衣装を着せた。その都度、老人の手はさりげなく、しかも意識的に娘の胸などに触れた。

着せ終えると娘を座らせ、赤い土から採った化粧を指に付けて、頬と瞼と唇を染めた。花から採った香りを、娘の身体に塗りつけた。

「さあ、先に神さまは出ていかれた。もう目を開けてもよろしいですぞ」

老人の、娘に対する言葉遣いが変わり始めた。

「ここに、お宮からいただいてきたお神酒《みき》がございます」

並々と酒の注がれた器を、娘に手渡した。

「一滴も残さずにお召し上がりください」

そう言い残して、姿を消した老人は、二人の若者を連れてきた。

「うおっ！　きっれい！　まるで別人だな」

「ヒューッ！　さすが神の花嫁！　フンフン！　いい匂いだねえ」

鼻を近付けた若者の唇が、娘の頬に触れた。

若者たちは娘の右と左にわかれ、それぞれ手を取った。

娘の目が潤んで、トロンとしていた。

娘は若者たちに手を引かれ、皆が集まっているところに連れていかれ、真ん中の一段高い場所に立たされた。

群集がどよめき、歓声が上がった。

新しい巫女から匂うような色気が滲み出ているのを見て、衝撃を受けたのである。

「巫女は、目を閉じてくだされ」

老人は言って、皆のまえに立った。

「分かった、分かった。静かにして、声を立てないように」

シーンと静まり返ったなかで、老人が手首を振った。指で摘んだ小さな鈴が鳴り始めた。

♪リンリンリンリンリンリン♪

ピクッとした女の身体が、少しずつ律動的に動き始めた。音に合わせて娘の動きがだんだん速くなっていき、酔ったように踊っていた。

その奇妙な光景に我慢できなくなったのは、一人ではなかった。

「クスクス」

「クスクスクスクス」

「クックックックッ」

あっちこっちから含み笑いが発生して、とうとう爆発をした。

「ウワアッ、ハッハッハッ……」

老人が娘に囁いた。

「ほら、聞こえますか？　このどよめき。神さまがあなたさまのお肌をごらんになりたがっておられるのです」

娘は衣に手をやり、胸をはだけた。

「キャーッハッハッハッ……」

おかしいだけではなかった。娘の踊りは、村人たちを誘うほどの楽しさを持っていた。

皆は持ち寄った幣帛を掲げて、身体を振り始めた。鳴り物を奏でる者も居た。

老人は唸った。

「なんと言うことか！　このコには天分が備わっている！　ウーム！　これこそ、まさに神に選ばれた花嫁だ！　ウーム！」

歌と踊りの大饗宴となった。


若い神官が楼観に立って手を上げた先には、銅の鏡を持った男が立っていた。

姫尊がそっと覗いた。

鏡に反射した光が、姫尊の目を射った。

姫尊は目を閉じ、手で顔を覆った。

その隙に神官が近付いて、姫尊の腕を捕らえた。そのまま抱きかかえるようにして、楼観の先まで、連れ出した。

「いやよっ！　みんなのまえに出たくないわ」

「お祭り騒ぎに夢中で、誰もこちらに気付かないよ。さあ、ごらんなさい」

遠くで踊り喚いている民衆の様子を目の当たりにして、姫尊がいぶかしそうに言った。

「あんなに人々を誘導している！　すごいわ。わたしにもできないようなことを、どうしてあの巫女にはできるの？」

「今の姫尊には無い、大切なものを持っているからです」

「なにかしら？」

「ふさぎ込んでいる姫尊には無いもの、それは笑いです」

「わたしはもう、あのコと交代しなければいけないの？」

「その必要はありません。あの巫女には、ワカヒメさまの神託が降りないのですから」

「ほんとうに続けられるの？」

「何を心配しているのですか」

「怖いの。だって、いつものわたしなら少々遅れても走っていって、宮司さまたちに追いつくはずだわ。めまいさえしなければ、神の集いに行けたわ。朝寝坊をしてしまったわたしに、ワカヒメさまは罰として天癸をお与えになったとしか思えなかったの。それを誰かに話すと、姫尊を降ろされそうだし」

「罰なんて、この世にはないと思うよ」

「いいえ。あるわ」

「ワカヒメさまが、今年は姫尊が行かないほうが良いと教えてくれたのだと思えば、気が楽になるよ」

そのとき活躍した娘は、ふさぎ虫だったことから、また姫尊のふさぎ虫を追い出したということから、ふさぐと言う意味の「う（倦）ず」、「倦ず女（うずめ）」という名で有名になった。ウズメは明るさと度胸を身につけ、老人の手を借りなくても神がかりができるようになり、毎日を生き生きと過ごすようになった。

七　神託

神々の集いから、宮司たちが帰ってきた。

姫尊と若い神官の成長ぶりに目を見張りながら、宮司が言った。

「わたしの留守中に、よく務めを果たしてくれましたね」

神官は、宮司の労いの言葉を否定した。

「危機は、長老の力で解決しました」

「話は聞いたよ。どのようにして、あのように盛り上げることができたのか、知りたいものだね」

「教えてくれません。いくら尋ねても、ただニヤニヤするばかりです」

「それにしても驚いた。あの長老は若いころから身体が弱くて、皆から怠け者とか役立たずなどと言われていたのに、どこにあのような力が潜んでいたのだろう」

「わたしは尊敬していました。小さいころから、いろいろと教えてもらっていたのです」

「なるほど、それで今回も知恵を拝借しようとしたのだな。あの娘も意外だった」

「はい。ワカヒメさまの御子《みこ》は、巨人で怪物のような身体だったと聞きます。逆に天の使者は、森の妖怪、精霊のような小柄な姿だったそうですね。身体が大きくても小さくても、悩んだり卑下したりする必要はないということだと思います。人から笑われようが否定されようが、何も悪いことをしていないのだから、そのまま自信を持って生きていけば良いのではないでしょうか」

「そういうことだね。今回のことで、わたしもまた一つ賢くなった。人間はいくつになっても学んでいくことがらに出遭うものだ。ワカヒメさまのお教え通りだな」

宮司は、今度は姫尊に聞いた。

「わたしの留守中に受けた神託を、話してもらいましょうか」

「宮司さまが発たれてから、頭に霧がかかっているようでした」

「自分をどんどん追い込んでしまったのだね」

「神託はそのときに降りました」

姫尊が焦点の合わない眼差しで、語り始めた。

「赤ちゃんを抱いて、放浪していました」

「ほおっ！」

宮司は身を乗り出して、耳を傾けた。

「突き出た岩の上に、月明かりに照らされて、獰猛な生き物たちが居るのが見えました。しなやかな身体と鋭い牙の獣が、わたしたちに飛びかかってきそうでした。絶体絶命と思い、赤ちゃんを身体で隠すようにして抱きしめました。その瞬間、小さな身体の生き物が、縞模様の獣たちのまえに立ちはだかって、制止したのです。背中が縞になっていて、猛獣と似ているのですが、四つん這いでなく二本足で立っていました。このままじゃ、先に小さな生き物がやられると思いました。不思議なことに、猛獣たちはすごすご後退して居なくなりました。いつのまにか縞模様のない身体に変わり、銅《あかがね》のような銀《しろがね》のような色になっていました。小さな生き物はわたしたちのほうをじっと見ていて、消えました」

宮司は黙って聞いていた。

「神託を受けた順番に話したいけど、どちらが先だったかしら」

「後先に拘らなくて、よろしい」

「ゆったりとした大きな川で、向こう岸に赤ちゃんが居る光景が浮かびました。赤ちゃんがわたしのところに来ようとして、這いながら川に近付いてきました。あっという間に、川に入ってきたので、『しまった！』と思いました。泳げないはずの赤ちゃんが、流されることなくこちらに進んできました。安心する暇もなく、大蛇が頭を水面から上げて、赤ちゃんのほうに泳いでいるのが見えました。息が止まりそうでした。すると赤ちゃんの傍に小さな蛇が見えました。今度は、その毒を持っていそうな蛇に噛まれるのではないかと思いました。よく見ると、桃色の身体をしていました。その暖かい色を見ると、安心感を覚えました。大蛇はクルリと向きを変えて、川の流れに沿って下っていきました。桃色の細い身体から小枝が伸びて腕のようになりました。その手で赤ちゃんを捕らえ、わたしに手渡してくれました。姿を消すまえには、また銅色のような銀色のような身体になっていました」

相変わらず、宮司は何も言わなかった。

「今度のほうが先だったと思うわ。木で作った柵に閉じ込められていました。檻がいくつもあり、それぞれに数人ずつ入れられていました。裸で身体の大きな女の人も居ました。皆が怖がっていたので、わたしは、『大丈夫よ』と言いましたが、気休めの言葉としか受け取ってくれませんでした。わたしは猛獣の危機から、助けられた話をしました。誰かが聞きました。『その救い主はどんな武器を持っていたの?』そこで始めて、武器を使わないで敵を退けたことに気付きました。そう言うと、別の檻に居た人たちが、『そんなことは有り得ない』とか、『いい加減なことを言うな』と、わたしを罵りました。唾を飛ばしてきた人も居ました。同じ檻に居た人が、『助かることを信じよう』と皆を励ましていました。そして、わたしの肩を叩きながら言いました。『あなたは救い主にお願いしてください。信じて念じると良い』」

姫尊は黙った。

「それで終わりですか」

「わたしはその肩を叩いた男に、腹を立てていたようだわ。『信じて念じると良い』なんて、人に言われなくてもするわよってね。それから唾を吐きかけた人の柵が燃え始めたの。それで何も見えなくなった。わたしの肩を叩いた男の声で、『信じた者、なおかつ善良な者だけが救われたね』と言う声が聞こえました」

宮司は、のんびりとした調子で言った。

「そのお告げは、『神さまを信じなさい』と言うことだけのようですな」

「いいえ」

若い神官が、宮司の言葉を訂正した。

「この神託は、ワカヒメさまのご体験ではないでしょうか。遠くに、身体の大きな種族が居る土地があると聞いたことがあります」

「赤ちゃんを抱いている感覚が、今も残っているわ。わたしも、赤ちゃんが欲しいわ」

ゴロゴロゴロ
雷が鳴った。

「キャーッ！」

「ほおーっ！　姫尊はカミナリが苦手だったのか」

「気持ちが良いものではないわ」

「ワカヒメさまは、カミナリをお好きだったという話だが」

宮司は空を見上げた。

ピカッ
イナズマが走った。

ゴロゴロゴロゴロ
耳を塞いでいる姫尊を見ながら、宮司が言った。

「今、竜に乗った天の使者の姿が見えた。ワカヒメさまがお怒りになっておられる」

「喜んでおられるのかもしれませんよ」

即座に、神官が言い返した。
光と音が交錯するなか、二人の男は睨み合っていた。

八　統一国家

再びわたしの話に戻りますが、気力の残っている方はお聞きください。

この姫尊たちが住んでいたのは、どこでしょう。

地動説を唱えたのはコペルニクスというのが、通説になっていました。医者であり天文学者でもあったノストラダムスのほうが、コペルニクスより二十年もまえに言っていたということが判明しましたね。

遠い過去の真実は、どこに隠されているか分かりません。

イナズマのなか、二人の男たちが睨み合っていたときより後のことです。

数年先か数十年経って後のことだったかは、忘れてしまいました。

「東のほうに、青い山に挟まれた土地がある。天の磐舟《いわふね》に乗って、天上から降ってきた者が居たらしい。真相を確かめにいこう」

そう言いながら、南のほうから視察団がやってきました。

彼らは、わたしを神として祀っている巫女業のなかでもトップの、姫尊《ひめみこ》に会いにきました。

視察団の親分は魅力的な男で、姫尊一族の婿に迎え入れられました。

姫尊と結ばれたのか、姫尊の妹かあるいは従姉妹の婿養子になったのかどうかは、ご自分で判断をしていただけますか。

親分と姫尊は何かにつけて、張り合っていました。

その後、親分が急死しました。

死因や状況も、想像をしておいてください。


親分には、他にもオンナが居ました。

そのオンナは取り入るのが上手く、単細胞の姫尊はうまく乗せられていたのです。

オンナとそのマネージャーは、姫尊がしゃべった海外の国に興味を持ちました。

その後、姫尊の協力を得て、オンナたち一行は大陸を目指して出発しました。彼らは高《こう》句麗《くり》という土地辺りから引き返してきました。九州に上陸した後、丹を求めて東に移動してきた一族と同じルートを通って、姫尊のほうへ戻ってきました。

姫尊のつてを頼りに、彼らは各地の豪族たちと交渉を始めたのです。

「国を統一する必要があります。海外の国や南の地の者たちは皆、我らに従いました。あなたには、ご自分の先祖を国津神として祭祀するための建物を提供します。あなたたちは神を祀るだけで良いのです。わたしどもが、面倒な現世の祭りごとを行います」

そう言って、豪族たちを支配下に置こうとしたのです。

戦で民が苦しむのを避けて、オンナ一味の欲求に応じた豪族も居れば、抵抗した者もありました。

後に、この女親分の息子が統一した国の大王になりました。大王をホンダ君《くん》と名付けておきましょう。

ホンダ君の父親は誰でしょう?

南の土地からやってきた、先代の親分ではないと思います。海外の人か、海外からの帰りに立ち寄った土地の男か、あるいはまた女親分のマネージャーかもしれません。

父親が誰であれ、ホンダ君はその任務にふさわしい人物でした。

まだホンダ君が子どものころのことでした。母親の女親分たちは、各地の豪族の持っていた代々伝わる品々や系図も取り上げました。そういうもので権威をつけようとしたのでしょう。

姫尊は立場をわきまえないで、いつまでも何かにつけ女親分に采配を振るっていました。女親分たちはそんな姫尊が邪魔になっていたのですが、姫尊を利用する計略を思いつきました。

義姉が嫁いだ南には強い原住民が居て、海を渡ってきた一族もなかなか進出できないでいました。それだけではありません。姫尊に従わないグループもあったのです。彼らの象徴は男神、つまり義弟の君《くん》だったのです。女親分一派も海外からの帰りに様子を見て、敵わない手強い相手だということに気付いていました。義弟を崇めているグループが居るのはそこだけではありませんでした。

それらの地を、姫尊を盾にして統率しようとしたのです。

入谷《にゅうだに》という土地で、女親分の態度が変わりました。姫尊に威圧的な口調で言い渡したのです。

「南のほうにすばらしい土地がありました。ご案内いたします」

それまでおとなしかった女親分の急変振りに驚いた姫尊は、圧倒されて断る気力も失せていました。

入谷がどこか、気になりますか？

わたしの生きていたころと違って、沼に土が入れられ田になり、島が山になっていました。かつて島だった三つの山のあいだを流れている川の、上流の地です。

さて、一行が藤しろの峰に来たときです。

女親分が立ちすくみました。

立ちすくむと言う感覚を持ったことがありますか？

そうですねえ。この峠から少し南方面に日本一長い吊り橋があります。テレビなどでこの橋をレポートしている若い女性が、「動けない」と涙声になって怖がっているのを見たことがありますか？『なによ、ブリッコなんかして』と思っているあなた、何でも実際に体験しないと分からないものだと反省しますよ。ユラユラする橋を、自分の足で一歩一歩、遠い向こう岸まで歩くしかないと考えるだけで萎えてしまう人も居ます。何も感じないで渡り始め、数歩、歩いて、立ちすくむ感覚を味わうこともあります。

「ワクワクして楽しいわ」とか、「何も感じないね」と、立ちすくむことができないお気の毒な人は、頭のなかだけで想像をしてみてください。

女親分がなぜ立ちすくんだのか、それはわたしの幻影を見たからです。

わたしはテレパシィで話しかけました。

《姫尊に付き合ってくれて、ありがとう。お世話さまでした》

女親分は、すました顔で答えました。

「ここまで、お送りさせていただくつもりでございました」

《嘘をつくのは止めなさい！》

気の短いわたしは叫んでしまいました。

「申しわけございません」

女親分は地面に両手をついて、ひれ伏しました。

《あなたは、誰かが体裁の良いことを言ったりしたりすると、それを自分のモノとして、人に披露する癖があるようね。わたしの杖なども真似ていたようだけど、海の向こうの国を征服してきたなどと言う大きな嘘もついたでしょう》

女親分は、困った表情をしました。

《人の癖はなかなか直らないし、あなたの性格をとやかく言うこともないわね。それに、

あなたたちが国を統一しようとしているのを邪魔する気もないの。ただ、今、言ったばかりのことは実行してもらいますよ》

この峠のずっと南にも、義弟派の土地があったのです。女親分が姫尊たちをその地に連れて行くことを、制したのにはわけがあります。そのときに姫尊を補佐していた祝《はふり》を守りたいと思っていました。地位も戦も似合わない彼を、俗っぽい摩擦のなかから救い出したかったのです。

女親分は震えながら、マネージャーに相談していました。

そこは今、リスが木に駆け登る杉林になっています。そのまえは田んぼがありました。女親分や姫尊の時代には、どんな様子だったのか想像してください。

その藤しろの峯で、女親分が姫尊に言いました。

「ここに、ワカヒメさまの霊をお祀りさせていただきます。ここから西はワカヒメさまの土地です」

女親分はその地が限界だと感じて、初めの計画をあきらめたようです。

「ここから東はオオヒメさまの土地として、わたしどもがオオヒメさまをお守りさせていただきます。ワカヒメさまは磐舟で、この西のほうに天から降ってこられたそうですね。天上界として崇めさせていただきます。これから後の世もずっと、常盤《ときわ》であることをお祈りしております。姫尊さまもワカヒメさまと同じように天上界に戻られて、余生をお過ごしくださいませ。さようなら」


峠を降りていくと、両側から山の迫っている筒のような渓谷に出ました。今は筒香《つつか》と言う地名ですが、昔は筒川と書いて、ツツカと読んでいました。

覚えていらっしゃいますか？　あの明神岩のある川です。

明神岩の下は、岩が平らになっています。

その上に立って、姫尊が泣いていました。

わたしは幻となって、姫尊のまえに立ちました。

わたしを見た姫尊は、真っ青な顔をして目を大きく見開いていました。

《ヒメミコは実に怖がりね。大事に守られて生きてきたけれど、世のなかには怖いモノがたくさんあるでしょう？　ほらっ！　あなたの足元に、小さくて頭の尖った長い魔のムシが居るわよ。毒を持っているから、気をつけなさい》

姫尊は声も出さないで、呆然としてわたしを見つめたまま突っ立っていました。
《幻のわたしがそんなに怖いの？　怖い目に遭ったので、さっきまで抱いていた悔しさを忘れたかしら？》
　通じているはずですが、返事がありませんでした。
《このところずっと、悩んでいるようね。『渡海できたのは、誰のおかげだと思っているの！　わたしが力を貸さなければ、何もできなかったくせに。わたしの力添えのおかげで国を平定できたんじゃないの。恩を仇で返すなんてひどいわ』と、嘆いてばかりいるわね。『してあげた』、『してあげた』と言っているけれど、するときは気持ちが良かったでしょう？　向こうは初め何も求めていなかったのに、言いだしたのはあんたのほうじゃないの。南から来た親分が、自分の生まれ育った土地の様子を披露したときよ。あんたはつまらない競争意識を出して、自慢していたわね。自分たちの土地と比べると負けるから、海の向こうの国を持ち出した。『あら、あなたの土地より豊かで発展した国があるのを知らないの？　それはそれはきらびやかな……』とかなんとか、得意そうにしゃべっていた。おまけに、『行ってみたくはない？　行くなら、航海するための大きな船の作り方を、教えてもらってあげるわ。わたしの一族には、高度な技術を持った者が居るのよ』とまで言ったでしょう？　親分はあんたの話をでたらめだと言って、信用しなかったわね。親分のオンナのほうは、そうじゃなかった。彼女たちは迷惑がらないで、あなたの遊びに付き合ってくれたのよ。海の向こうを覗いた彼女たちは、見聞を広めて帰ってきた。大陸の戦いを知って、バラバラの自分たちのところも、一つの国としてまとまっておかないと、外から攻めてこられた際に、対抗することができないと考えた。そんな話を聞いたあんたは、『一族のなかにも、あなたたちと同じようなことを、まえから言っている人が居たわ。わたしに任せなさい。各地に居るわたしの知り合いに紹介してあげるわ。わたしの頼みならなんでも聞いてくれるの。少なくともわたしの一族は、あなたの味方になってくれるわよ』と、嬉しそうに連れ回していた。そんなあんたの一時の満足感やおせっかいのために、世のなかがひっくり返ってしまったのよ》

姫尊は、わたしの話を理解していないようでした。ただただ自分を悲劇の主人公だと思い、それに酔っているようでした。相手を悪者にしておいたほうが、姫尊には分かりやすいのではないかと思いました。

《あんたはおだてに乗りやすい性格だから、うまく騙されて地位を取り上げられてしまったのよ。誰のせいでもない。あんたの責任よ！　一族まで巻き添えにしてしまって、人を

恨むどころの騒ぎじゃない！》
きつい口調で叱り付けると、姫尊の目から涙がこぼれ落ちました。
《無理をして提供しても、感謝するどころか、足りないとかえって文句が出る。こんなことなら始めから関わらなければ良かったと思っているでしょう？　あんたの気持ちがよく分かるわよ。でもいくら腹を立てたところで、あの女は痛くも痒くもないのよ。あんな女のことは忘れて、自分自身のことを考えなさい。ヒメミコはまえに、『わたしはワカヒメさまを真似たいと思います』って言っていたわね。口は災いの元、言葉に出した通りになるのよ。例えば、苦労を自慢している場合なんかは、怖いわよ。どんどんそのほうへ行ってしまうのだからね。あんたのあのときの言葉、格好をつけるために言ったの？　他のモノを手に入れるための口実だったの？》
姫尊は、必死に何度も首を左右に振りました。
《あんたの生きがいが無くなったから嘆いているのね。だけど、『名声』と『ワカヒメさまの生きかた』はくっつかないのよ。わたしは名声や地位なんて、うっとうしいと感じる性分だからね》
勝ち負けに拘る姫尊に、どう話せば良いのだろうかと思いました。

《わたしの目から見ると、ヒメミコは自分を見失っているように見えたわ。重い任務から解放されて、これから幸せになるわよ。あの女に負けたわけじゃなくて、苦労を肩代わりしてもらったの。勝負は楽しめば良い。負けても、次の道を見つける課題が与えられた、楽しいなあと、捜しながらどんどん歩いていくと良いわ。そっちの道のほうが、自分に合っているのよ。昇天するまで、まだまだ時間があるでしょう？　分かる？　生きている喜びを見つけた者が、勝利者になれるの。立ち止まって、愚痴をこぼしているあいだは、負け犬のままなのよ》

「答えを見つけるには、どうすればよろしいのですか？」

姫尊が初めて言葉を発しました。きれいなかわいい声でした。

《それを自分で考えるの。今は、悔しい悲しいとそのことばかりに考えが行っているでしょう？　先ず、そこから離れないと、前に進めないわね。そうねえ》

材料になりそうなおもしろい物が無いかと、周りを見ました。

《この岩を見てごらんなさい》

姫尊がようやくわたしから、木や苔の生えている大きな石に目を移しました。

《これは大蛇《おろち》の体の一部だったの。昔、背中に木が生えている大蛇がここに居たのだと空

想してごらんなさい。頭や尻尾はどこまであったのかしらね。誰に切られたのかしら？　この大蛇、誰と戦っているのが見える？》

姫尊が目を閉じました。姫尊の頬の涙が乾いていました。

このあいだに、そっと消えることにしました。

少し離れたところで、皆が食事の仕度をしているときのことでした。ご飯の炊き上がる、おいしそうなにおいが漂ってきました。

姫尊の食欲も、戻ったことでしょう。

少し元気を取り戻した姫尊は、一行とともに川を下っていきました。

この筒のような川は、ゆったりとした大きな川に流れ込んでいます。

合流地点の右手には、関ケ原の戦いとやらで敗れた父子が隠遁していた場所があります。戦に負けた彼らは、何を見つけたのでしょう。左手に、ある僧の母親が暮していた寺院があります。その寺は初め、今のゆったりとした川のなかにあったのですが、大洪水で川底になってしまいました。それで現在の場所に移したのです。この僧とは縁があるのですが、その話は後ほど聞いていただくことにいたします。

姫尊は、ゆったりとした大きな川に沿って下っていきました。

わたしの降臨したと言われている近くで、瓜を肴に酒を振舞われていました。

普通に考えると非常にド厚かましいことです。姫尊は人の褌で相撲をとるクセがあり、しかもご馳走になりながら食べてあげたと思っているのですから。

でも接待をしたほうは『訪問をしてくれてありがたい』と受け取っているようでした。

相手は神だからです。


そんな相手に姫尊は不服を感じると、次の宿を求めて出立するのでした。

こんなコに、この国を任せるわけにはいかなかったのです。

また下ると、後に万葉人に詠まれたポイントがありました。

大穴道《おおなむち》　少御神《すくなみがみの》作《つくらしし》　妹勢《いもせ》能山《のやまを》　見吉《みらくしよしも》

一行は、あっちこっちに移動をしました。

道を進むごとに姫尊はいろいろと学んでいきました。

赤穂《あかほ》という地で、淡路の白犬一対と紀伊の大きい黒犬と小さい黒犬をもらいました。姫尊は犬たちと触れ合うことによって、無償の愛の喜びを知りました。また、贈り物をされるたびに、自分のしていた親切の押し売りに気付くようにもなりました。「ありがとう」と言って受け取ってくれる相手の、心の広さも見えるようになりました。姫尊は、もう誰も恨んでいませんでした。そして、「道中」そのもののおもしろさにも気付くようになったのです。

最後に、四面、山に囲まれた土の赤い盆地に行って、そこで余生を送ることになりました。

わたしの魂の落ち着き場所としてこの地が最適だと思ったので、ココに姫尊を誘導し足止めしたのです。

「朝日奈須輝宮夕日奈須光留宮爾世長杵爾常世乃宮爾鎮座（あさひなすかがやくみやゆふひなすひかるみやによのながきにとこよのみやにしづまりませ。注、旧仮名遣い）」

姫尊がお忍びで、他の地に行ったかどうかは知りません。

九　僧と霊山

各地を移動した姫尊が最後に鎮まった土地に、数世紀後、足を踏み入れた一人の僧が居ました。さきほど話したのが、この僧です。

ある僧が唐から戻ってくるときのことです。

「先に行って、わたしの教えを伝える道場を建てるのにふさわしい霊地に留まるように」

そう念じながら、港から祖国の日本に向けて、金剛杵《こんごうしょ》（古代インドの武器で、密教では煩悩を打ち破るための仏具）を空に放り投げました。

東のほうに飛んだ杵は、光に照らされながら雲のなかに消えました。

「光に照らされながら」と言うと、もうお分かりですね。

ご想像通り、異星人が杵の飛行をコントロールしていたのです。

日本に戻ってきて霊地を捜し歩いていた僧が、ある日、狩人に出会いました。

髭を生やした背の高い狩人は、弓矢を持って白と黒の二匹の犬を連れていました。犬のなまえですか？

「四郎と九郎」だったかしら。「シロとクロ」でも「太郎と次郎」でも、お好きなように。

話を進めるにあたって、この僧のなまえは付けておくことにしましょう。

空のように広い心で生きようとしていたので、「空《くう》ちゃん」とでもしておきましょうか。

クウちゃんが狩人に、どこかに霊地がないかと尋ねました。

狩人は、いつも天龍鬼人が守っている山があると答え、案内は犬たちに任せました。

クウちゃんは犬についていきました。途中で一泊をして、あくる日の早朝、小鳥たちより早くおきて、暗いうちに霊山を目指して歩いていました。

霧が走り、水滴が頬を叩きました。突然、二匹の犬が走り出し、濃い朝もやのなかに姿を消しました。

すぐに白いかすみのなかから犬たちが現れ、小鳥たちの歌声が響き渡りはじめました。

なんとクウちゃんが、二匹の犬に向かって会釈をした！

実はわたしと高野が犬たちに化身していたのです。クウちゃんには、正体を見破られていたということです。

魂も、時代とともに進みます。だから今このように語るときも、新しい情報や横文字の言葉を入れられるというものです。

わたしは、その辺りの一昔まえの言葉を真似て、テレパシィで話し掛けました。

《ようこし（ようお越し。いらっしゃい）。よう来たなあ。おまはんのくるのをさーしこと（久しく。長いあいだ）待っとったんやでえ》

わたしたちは連れ立って、歩き出しました。実際には、犬たちが嬉しそうに僧にまつわりつくようにして、駆け出したのですがね。

木や草や花の香りが、わたしたちの出会いを祝福してくれているようでした。

地味な緑っぽい小鳥が、「ケキョケキョケキョ……」と甲高い声で鳴きながら、木から木に飛び移っては追いかけてきました。

《警戒せんでもええで》

クウちゃんに自己紹介をしました。

わたしを祀っていた姫尊が鎮まった地に神社があり、これから向かう霊地は、その神社の神領地であることを告げました。それから、自分が浮遊している理由も話しました。今度は、少し離れた土地の言葉に変えてみました。

《わしは生臭い性分でのし。まだ吾がめ自身から解放されてないんやして》
自分の気持ちを表現するのに法則などないと思いながらも、この僧に理解してもらうために、いろいろ試してみていたのです。同じ川筋でも、ちょっと離れているだけで方言が異なります。相手を指す言葉の、「オマハン」のハが抜けて、「オマン」となるのです。「している」という言葉も、「しとる」ではなく「してる」で、「……なのよ」の「……だして」は「……やして」と変わります。

《わしは肉体が死んでるだけで、ほんまの自由にはまだなってないんやして。己から解き放たれてはじめて、おまんらの言うてる仏になれるんやってのし》
クウちゃんに会えた嬉しさで興奮して、考えもなしに次々に言葉が飛び出そうとしていました。
《おまん、あっちゃこっちゃを歩き回って、ここへ来るまえは芳養《はや》の日向《ひなた》って言うトコを終焉《しゅうえん》の地にしょうかいなって、おもてたやろ》
「そこに行くまでに橘の実を見つけました。過去のことを記された書物に載っていたところの、常世《とこよ》の国の橘だと思ったのです」

《あれは歴史書やのうて、事実をもとにして創った話やして。なかなかええ出来や。あれを過去の事実として記録することを、反対するモン（者）が居てたんやで。行者のツヌちゃんや。昔の言い伝えを知ってるモンが何人も居てたけど、女帝におせ（教え）たったのは、行者やさかえのう。ツヌちゃんは、オカ（母）サンを人質に取られて、大島へ流された。鬼神に悪さしたたら言うてのし。鬼神が祀ってた神と言うのが、ここに居てる高野の子孫やったんやして。『コウヤ』って、呼んだけど、この国風に言うたら、『タカノ』かいなあ。コウちゃんでもタカちゃんでも、どっちで呼んだってくれてもええで。本人も拘れへんわなあ》

高野はウンウンと言うふうに、頭を上下に振っていました。

《この高野に似て、おっとりとしたほんまにええ豪族やった。無口やけど、何でも一言でビシッと決めてた。この北を流れてるゆったりとした日本川《やまと》の対岸の山脈も、その豪族が所有してた。女親分一派に譲れって言われて、土佐に去って行った。そんなお人好しの豪族の霊を祀ってたのが、鬼神や。この高野みたいに日本人《やまとじん》離れの顔立ちやったんで、鬼神って呼ばれてたんや。鬼神と行者の出会いは、山のなかや。ツヌちゃんは始め、山賊かとおもたやろなあ。大勢、居てたし。ツヌちゃんが鬼神の山で修行をさしてくれって、頼んだのがきっかけやな。そのうちに鬼神のタイショ（大将）が、ツヌちゃんに、熱狂的なほど傾倒してしもた。その鬼神のタイショ、男やったか女やったか、おまんには分かってるみたいやなあ。タイショは鬼神仲間、つまり親族やら周りのモンにまで、ツヌちゃんに協力したってくれって言うてよう。吾がだけ、楽しんでしてる分にはどうってことないんやけど、その気の無いモンまで無理やり引っ張り込むのはアカン。先祖の霊は怒ってた。ちょうどそんなとき、ツヌちゃんは島流しや。鬼神を行者から引き離す、ええ機会やった。ツヌちゃんも、もっと高い山で修行をしたいとおもてたとこやったし、大島へ行くっていうことは、この国でいちばん高い山にも行けるってことやろ。万事、うまいことになった。鬼神のタイショの頭を冷やすように仕向けた犯人は、わしやったかいなあ？　誰やったかいなあ？　忘れてもた（しまった）よう。ツヌちゃんとは違うで。ツヌちゃんは優しいコやった。大島から戻ってきてから吉野で、晩年の女帝の愚痴も聞いたってたくらいのコやさかえなあ。そりゃそうと、おまん、どこの山へ行っても、ツヌちゃんが唾をつけてあったやろ？》

「はい。それで、途中に出遭ったこのお方にお尋ねしたのです」

クウちゃんは手のひらを上に向けて、黒い犬を指しました。

《おまはんの場所は、ちゃんと取ってあるで》

始めの方言に戻りました。

クウちゃんは、高野に聞きました。

「狩人をされていたのですか」

無口な高野は、微笑んだだけでした。わたしが口出ししました。

《狩人は、美濃の国から来たモンの子孫や。代々、犬との付き合いが上手いのよう。神社の世話をしもて、狩りもしとった。わしらの生存しとった時代は、たいていの男は狩りをしとった。そんななかでこの子ウはわしの影響で、狩りの仕事が苦手やったんよ。おまはんと似とる。こすい（ずるい）ウサギら、痛い目エにおおても自業自得でさかえに放っといてもええのに、このコはそんなモンにまで情けをかけるコウやったんだして。わしは狩人を悪いとおもとるんと違うで。その点、おまはんと一緒や。吾がと違う考え方のモンを否定するよ（う）な性格やったら、狩人に霊地の場所を聞いたりせえへんわな？》

　わたしはクウちゃんに白状しました。

《狩りは嫌やって言いもて、そのくせわしは食べモン（物）に好き嫌いは無いんやで。自分の手を汚さんと、わしの見えんとこでさばいてもうて、わしら親子はおいしいおいしい

って、よばれとった。なあ》
高野に同意を求めました。
高野はまた、言葉を発しませんでした。目をクリクリと動かせて、ニッとしただけでした。
《ああ、そやそや。このコはいつごろからか、おまはんとおんない(同じ)モンしか、食べんようになってたんや》
僧と黒犬が、顔を見合わせていました。
《わしを責められへんで。おまはんらも中途半端な食生活やろわい(でしょう)。木の実も米も生きとるんだしてなあ。根や芽や茎のおいしい草も、皆、生きとる。『抜かんといて(抜かないで)! 殺さんといて!』って言いもて、神々しい光を発散しとる。ほれ、あそこ》
指差したのは、林のなかにある一本の木。根元には、垂れ落ちた白い泡がいっぱい溜まっていました。
《ゆったりとした日本川のある下界のほうが晴れとっても、この山は雨が多てのう。よんべ(夕べ)も降っとった。幹からああやって、ブクブクと泡を出しとるやろわい。木イも生きとるんだしてよう。植物に感謝しもて、命をもらいんか（もらいましょう）よ。いやいや、おまはんに、説法するのはおこがましい。おまはんは偉い！　他の意見も抹殺しようとせん。人の生き方にまで、自分の好みを押し付けようとする奢ったモンがたんと（たくさん）おる。わしも、人のことを言えんけどよう。その点、おまはんは人それぞれって言うことを、ちゃんと心得とる。どんな宗派も受け入れるつもりかえ》
「はい。宗派によって特色は異なりますが、根本では同じだと思います」
木々や草が雨に洗われ、チラチラと輝きながら濡れたにおいを放っていました。
《目に見えん香りもおいしいのう。独特のカザ（香り。カダとも言い、この県はザ行とダ行があいまい）のする食べモンはむろんのこと、おつゆ（汁物）に木の芽や橘類の皮を浮かべたり搾り汁を落としても、味がグッとひきたつ。アモ（餅）の焦げた香ばしいにおいもおいしい》
「当時、そういう食べ方をしていたのですか」
《わしは特別よう。弟にも、おまえほど贅沢な女は居ないって、言われとったんよう。男に言い寄られたときも、とても手に入らんような無理難題なモンばっかり、交換条件に出しては、あしろうてましたんや》

「……」
《てんご（冗談）ばっかり言うて、すまん、すまん。いくらカザがおいしいさかえって言うても、嗅ぐだけでは生きていかれん。おまはんは賢い。霞だけ食べて、仙人になろうとせえへん》
クウちゃんは、怖い顔で何かを考えているようでした。
木から木に張った幾何学模様のクモの巣に、水滴が数珠繋ぎについて、キラキラと光っていました。
《おまはんが唐から持って帰ってきた曼荼羅の絵エさん、馴染みやすいのぅ。なんでも、難しいに言うたら、値打ちがあると勘違いしとるモンもおるようやけど》
「言葉や文字だけで伝えるより、図にしたほうが受け入れやすいと思いました。わたしを唐に送り出してくださって、ありがとうございました」
《おまはんは、数年間一族とともに行動して仕事もてっとう（手伝った）たし、自分の力で行ったのも同然だしてよ。一族がおまはんに言葉を教えとったけど、一族は祖国の言葉を完全に伝承してたわけやないし、場所によって異なったやろ？　おまはんの熟達ぶりには感心したよ。ケイちゃん（唐における僧の恩師）に、前もって頼みに行ったとき、ちょうど、ケイちゃんはおまはんみたいな人物を求めてたとこやって言うて、喜んどったで。待ってくれとったやろ？　おまはんには、しんどい想いばっかりさして、すまんのう。おまはんはオカ（母）サンが孕《はら》むときから、期待されとったのよう。それはそうと、おまはんは若いころ、親族らの圧力もあったのに、よう勇気を出して、ガッコ（学校）を中退したのう。いやいや、あのガッコが悪いって言うとるんと違うで。おまはんは名声や金儲けのために学んどったんと違うさかえなあ。ガッコでおせとる（教えている）ことと偉いサンと言われとるモンらの、実際やっとることは、エライちご（違）とったやろ。おまはんが真面目でさかえにこそ、途中で降りたんだしてのう。おまはんとおんない（同じ）ように疑問を感じとるモンもおった。あのコらはシガラミをよう振り切らんかった。続けてたあのコらのシンブ（辛抱）強さ、コンジョ（根性）も、ほめたらんとなあ。逃げたても、それをせんとじっと我慢して、しんどいこっちゃで。そやけど、そのなかで何ぞ見つけたかもしれんのう》

わたしの語りを、クウちゃんは辛抱強く聞いてくれていました。

そうです！　ちょうどあなたがたのようにね。

目のまえを、チョウが舞っていました。

「わたしが幼少の折り、自分に人々を救う力があるかどうかを試そうと思って、谷底に飛び降りたことがありました。あのとき、抱きかかえてくれた天女はあなたさまですか？」

《いいや。おまはんやさかえ大目に見たけど、あんなことをしたらあかんで。相手が神にしろ自分にしろ、試すと言うことはアカン》

「岬で修行をしているときにわたしを鍛えてくれた竜や天狗、また唐で仲間の嫉妬からわたしを守ってくれたのも皆、あなたさまのお仲間ですか？」

《そんなこと、どうでもええわして（良いでしょう）。それより、あの木の枝に引っかかっとるモンは何か、見てみやい（みなさい）よ》

笹の生い茂るなか、一本の木の下に来たとき、立ち止まって枝を指しました。

僧がそちらを見たので、指先から光線を出し明るく照らして見せました。

うっそうとした木々のなかで放射状に光を放っている物体は、僧が唐の港から投げた三鈷杵だったのです。

クウちゃんが杵に気を取られているあいだに、高野とわたしはその場から去りました。

それから後のことです。

霊山を基点にして活躍しているクウちゃんの、母親が故郷から出てきました。

「わたしも山に行きたい。連れていっておくれ」

「女人が入ると、男たちはますます雑念にまどわされて、悟りを開く妨げになります」

「わたしは女ではありません……」

母親は熱心に頼んでいました。


クウちゃんはある日、川の水の一部が白く濁ったのに気付き覗くと、小さな魚の卵が散らばっているのが見えました。

それを見たクウちゃんは、自分が今ここに存在するのは母親が居たからだと思いました。

クウちゃんは、母親を山に連れていくことにしました。

霊山に向かって、母と子が連れ立って歩いていました。

それまで晴れていた空が急に曇りはじめ、ピカッと光ったかと思っていると、「ゴロゴロゴロゴロ」と、音がしました。

変な天候で、二人の居るところは赤や緑のライトに照らされているような、異様な色合いになっていました。

突然、「パタパタパタパタパタパタパタパタ」と赤く反射したアラレが、二人を叩きつけたのです。

「アレーッ！　火の雨が降ってきたー！」

母親が叫びました。

坂道を真珠のような氷の粒が一斉に川のように流れ、雪のように積もったアラレは、なかなか溶けませんでした。

僧の母親は、霊山に入るのを断念しました。

後の世、男の服装をして女が入ろうとしたところ、同じ現象に遭い、ますます天龍鬼人の守っている山と思われるのでした。雹《ひょう》はゴルフボールほどの大きさで、怪我をする者も居ました。

そのときの犯人は誰か知りませんが、クウちゃんの母親の邪魔をしたのは、わたしです。

異星人の仲間に頼んだのです。

わたしは、クウちゃんに言いたかった。

「オカサンに邪魔されんと、修業をせえよ」

クウちゃんが山にいるあいだだけでも、シガラミから解放してやりたいと思ったのです。

今から思うと、実の母親よりわたしのほうが、重荷を背負わせていたのかもしれません。

後の世、いくら知識があってもミーハー的な次元でしか判断できない者たちが、クウちゃんのことをいろいろ批判しました。

霊山を開いたのは、クウちゃんと同じ時代に生きていたもう一人の僧が、他所に霊山を得たので、それに対抗したのだろうなどと分析している人も居ました。クウちゃんの競争相手は、己自身です。

また、クウちゃんが生きながら昇天したことに関しては、

「ガンだったのだろう。彼ほどの人物なら自分の病が不治だということを、当時でも気付いていたはずだ。痛みに苦しむ様子を、弟子たちに見られたくなかったのだろう」

などと、したり顔で言っている者も居ました。

さて、クウちゃんの昇天シーンを覗いてみたいですか?

お話ししましょう。

《おまはん、そんなとこへ籠って、何をしとるんやいよう》

「存在する五つの要素、物質的なもの、つまり肉体、感覚、記憶や想像、意識、認識は空《くう》です。いくら言葉で、物象世界は空だと説いても、『現実に痛みがあるではないか』と、人々は思っています。天空が限りないように、人間の苦しみや悲しみも尽きることはありません。わたしが生身の人間で居る限りは、人々を救うことはできません」
《人間みたいな自分勝手なモンのことを、ほっといたったら、ええわしてよ。凡人が真似をするで。普通のモンが、魂が宙に抜ける技をできるわけないやろ》
「わたしの肉体が枯れたのを見て、人々はこれこそ死だと思うでしょう」
《わしらの一族が持ってた夢を壊す気やな。そうやな、破壊も一つの段階やな。ほんでも(だけど)、おまはんはいくら身体を鍛えた、精神修業ができたって言うても、生身の人間や。昇天するまでには、地獄のような苦しみに耐えらんならんのやで。別に今、せんならんっていうことはないやろ。もっと人生を楽しんで、年を取ってからでもええやろわい》
「わたしはもう十分、人生の道をたんのうさせていただきました。残る楽しみかつ修行はこれだけです。眼、耳、鼻、舌、身、意の六種の感覚器官も空、即ち、色も声も香りも味も触れるものも意識の対象も感じない悟りの世界に往きます」
「わしとちごて(違って)、空《くう》について悟りを開いたおまはんも、罪人やで。我がめで吾がの命を絶つんやさかえに。分かっとるんかい！　おまはんのオカサンが、どんだけ苦しい想いで、おまはんをこの世に生まれさせたか」

「どなたさまが止めようとも、わたしはただ実行するのみです」

ガテー　ガテー　パーラガテー　パーラサンガテー　ボーデー　スヴァーハー

彼岸に完璧に往ける者への餞の言葉ですが、みなさんは真似をしてはいけませんよ。クウちゃんの場合は創始者だったからこそ、意味があると言えますがね。

頑固で真面目な開拓者精神の持ち主のクウちゃんは、わたしの説得を聞き入れてくれませんでした。

良い悪いは別にして、偉大な僧にもちゃんと癖があったと言うわけです。

皆さん、よくご存知の大リーグの竜巻男を思い出してください。野球界の組織に疑問を投げかけ、それに対峙した彼の個性も同じですね。

そう言えば、ＮＯＭＯのおっとりとした雰囲気は、高野にソックリですよ。

聖徳太子も、頑固で真面目な開拓者精神を貫きました。

自分の正しいと思うことを人に押し付けすぎた蘇我馬子たちに、十七条憲法の十番目で抗議した。

「人が自分と違うからと言って怒ってはいけない。人は皆それぞれ。人も自分もともに普通。何が正しくて何が悪いか、決められない。自分だけが正しいと思っていても、大衆の意見も聞いて尊重して、行動しないといけない」

十　天までの道

この辺で時代を遡って、わたしの人生の残りを聞いていただくことにしましょう。

わたしは異星人に空飛ぶ舟に乗せてもらい、たびたび遠くに出掛けました。一族に呼ばれて、彼らの滞在している地だけでは無く、気の向いたところで降ろしてもらっていました。どこもかしこも美しくて、眺めているだけで心地よかった。一生を終えたい場所が、あっちこっちにありました。

わたしがこの国にやってきて、どれくらいの歳月が過ぎたころだったでしょう。神の孫と呼ばれている高野が、わたしのもとから巣立ってから後のことです。何か義弟に、確かめなければならないことがあるような気がしていました。

義弟に会わなければいけないと思っていたときです。偶然、義弟がこの国にやってきたことを聞きました。

一族がシナ海を渡って玄界灘に上陸したのに対して、義弟のほうは朝鮮半島を経過して、日本海から来ました。

義弟の来たことが知れ渡り、代表者が集合しました。現在の熊野と言う土地です。一族の情報交換は、伝書鳩の先祖によって行われていました。伝書鳩は通信機器の無い時代、明治まで活躍していましたね。

わたしが熊野まで行ったときには、義弟は姉に会いに行っていて、留守でした。最近の義弟の噂話を聞いていると、わたしの嫌いだった個性がどんどん出てきているようで、会うのがうっとうしくなりました。聞きたいと思っていたことも、どうでもよくなりました。

日本川《やまと》のほうに戻って穏やかに暮らしていたある日、義弟がやってきました。

「何をしにきたの。あんたに用はないわ。この土地から出て行ってよ」

「こんなヤツラと暮していて、楽しいのか？　ワカ」

「楽しいから、ここに居るのよ」

「何年も、こんな野蛮人と一緒に居たおまえは、考える能力が低下しているはずだ」

「ここの人たちは、あんたより進んでいるわ」

「そこまで言うなら、知恵比べをしてみようよ」

「する必要はない！」

「やはり自信がないのだな」

「ある！」

「おれが負けたなら、すぐに立ち去るから、やってみようじゃないか」

そんな条件を撥ね付ければ良いのに、わたしはゲームを楽しみたかった。子どものころ、義弟とよくクイズを出し合って遊んでいたのです。ここに来て、そんな相手をしてくれる人は居ませんでした。それで、ついフラフラと弟の提案に乗ってしまったのです。

問答合戦で順調に進んでいたのですが、わたしは飽き性、長続きがしない。考えるのが面倒になってきました。

「久しぶりにクンと遊べて、楽しかったわ。後、一問ずつで終りにしましょう」

と言って出した問いには、即答されてしまいました。

義弟の出した問題には、スッと答えられませんでした。

玉に二つの穴があって、通り道がなかでいくつもに曲がりくねっている。その玉は小さいからトンネルもまた細い。その玉に糸を通してみろ。そんなことができるかと、言われたのです。

その問題で、躓きました。

それぐらい、すぐに答えられると思いますか？

そう言うあなた、ドーンと過去にタイムトラベルしてごらんなさい。ヤレ神だ、ヤレ魔法使いだと言われますよ。

わたしは焦りました。焦ると、ますます考えられなくなったのです。

困っていると、答えを出してくれた人が居た。

片方の穴に蜜をつけて、細い糸をアリの身体に結んで、もう一方の穴に入れると良いと教えてくれた。

わたしのライバルは、ここにもこんな知恵者が居たのかとびっくりしていました。わたしよりゲームの強い人が、ここに居るということが、実に意外だったようです。

義弟の態度がコロッと変わりました。急に親密なそぶりを見せはじめ、皆と酒を飲んでお祭り騒ぎとなりました。

義弟は、

「ワカはオレを愛しているくせに、逆らってばかりで、天《あま》の邪鬼《じゃく》だ」

などと愚痴ったりしては、笑いころげていました。

高野の母親がわたしだと思っていた人たちは、義弟のことを父親ではないかと囁いていました。容姿が違うし天から降りてきたのだから、父親ではないだろうと言う人も居ました。

わたしのほうを見てはニヤニヤしている義弟は、このままここに居着こうとしているようでした。

五穀の種を他所で蒔かずに、はるばるこの地に持ってきたのだと言いました。もったいを付けているのか取り入っているのか、彼らしいと思いました。おもしろくないので、賑やかな場から抜けだしました。

梯子を登っていると、背後から義弟が声をかけた。

「おまえの住まいだけは、高床なんだな」

「約束したはずよ。すぐに出て行きなさい」

「ワカが解答したわけではないだろ!」

そう言いながら立ち去った義弟は、暴れて田を荒らした。

夜、義弟の不始末で頭を悩ましていると、その張本人が入り口から顔を出しました。

「機織り機まで置ける、こんな広い住み処を与えられて、おまえが神扱いをされているのがよく分かるよ」

「わたしの連れ合いになると、地位のある立場になれると考えているのなら、それは見込み違いだわ。村でのわたしの権限はないのよ」

「それは分かっているよ。おまえのことだ、長にさせられようものなら、ここから逃げ出しているはずだからな」

「……」

「おれの上陸した地に、わざわざ行ってくれたんだってな。それを聞いて、嬉しかったよ。どうせ、『一族への義理で、行ったのよ』とでも、言おうとしているのだろう?」

「……」

「おれがすぐにおまえのところに来なかったから、それで怒っているのか? 姉上の性格を知っているだろう? 姉上のもとに真っ先に参上しておかないと、機嫌を損ねて、おまえに八つ当たりをするだろう?」

「……」

「いつまで、すねているんだ? そろそろ機嫌を直してくれよ。おもしろい話しをしてやろうか。姉上はなんと勇ましい格好で、おれを出迎えたのだよ。その格好と言ったら、キャハッハッハッ……！　あれは、土民に対して演技をしたのさ。ハッハッハッ！　姉上らしいよ。姉上の心理、おまえに分かるかい？」

「お姉さまもわたしと、同じ気持ちだったんだわ。あんたから、村の人たちを守ろうとしたのよ」

「そうだろう、そうだろう。おまえの頭ではそこまで回らないだろう。おれをヤツラから守るために、ヤツラの味方をしているようにわざわざ見せかけたってわけだ。分かるか？先ず、自分を信用させておくためにだな、あんな姿、ハッハッハッ……！」

　弟は思い出して、また笑いました。

「どこが面白い話なの」

「おまえには分からないだろうから、別の話にしよう。透き通っている玉の話だ。玉と言っても、それはかじると砕けてしまう弱い玉なのだよ。そんなの見たことがないだろう？姉上に差し上げてきた。おまえにもあるぞ。手首にでもはめておくと良い。ほら、鏡もあるぞ」

「そんなの、要らないわ」

「そうか、気に要らないか。この世のなかにはおまえの知らない珍しい物がいっぱいあるぞ。一緒に探しにいこう」

「もう旅をする気はないわ。欲しいモノがあれば、自分で作り出すわ」

「おれの通ってきた道には、ここより上手い酒があったぞ。おまえは、酒が好きになったそうじゃないか」

「あんたがおいしいと思うお酒を、わたしも同じように感じると決まってないわ」

「おまえは相変わらず、物で釣れないようだな。この国では物で不自由を強いられただろうから、価値観も変わったと思っていたのだが、おれの思い違いだったようだ」

「つまらないことばかり言っているのなら、さっさと出て行きなさい」

「とっておきの話は、これからだ」

「それなら、もったいぶっていないで、さっさと言いなさい」

「おれの娘と姉上の娘を連れてきたから、どちらでもおまえの後継者にすると良い。一族もそれで安心するだろう」

「そうね、それがいいわ。はい。話は終りね」

「おれの娘と言っても、おまえとの間に出来た子ではない」

「なによ？　それ」

「あのコは生きているのだよ！　ワカ。おまえの産んだコは生きているんだよ！」

「わたしのコ？　何を寝とぼけたことを言っているの」

「おれたちは、あのコは死んだと思い込んでいたよね。父上が、おれたちを引き離すために嘘をついていたのだ。父上を許してくれ。幼すぎたおれたちにも、責任があると思う。おまえたちが出発するまえに父上から聞いたおれは、娘だけは自分の手元に置いておきたかった。だからおまえに話さなかった」

「……」

「途中の美しい土地に置いてきた。一緒に娘のところに行こう」

「……」

「別に、魂胆があってここに連れてこなかったわけではないのだ。あの土地が気に入ってしまい、ついてこなかった。おまえに似て頑固なんだよ」

「頑固でなく、アンタの娘はわがままなだけじゃないの」

「『壱紀（呉ではイチキで、漢ではイツキ）』と名付けた。おまえの娘だから壱鬼でも良かったけどな。おれたちにとっては一番はじめの娘だし」

「わたしは、向こうでお産をした記憶はないわ」

「なんだって！」

「ああ、あんたの得意な催眠術ね。だまされないわよ」

「記憶から消し去るほど、娘に逝かれたと言うことが辛かったのか！　あのとき、元気そうに装っていただけなのだな」

「あんたのたわごと、聞き飽きたわ」

「あのコはほんとうに生きているのだよ、ワカ！　もう思い出してもいいんだよ」

「相変わらず、しつこいわねえ」

「そうか！」

義弟は、険しい顔つきで考え込んでいました。次の策を巡らせていたのでしょう。考えつくまえに話を済ませようと思いました。

「さあ、もう話は無いでしょう」

「ああ。無い」

珍しくスンナリ認めました。ヤレヤレと思っていると、義弟が静かに言いました。

「おれは稚姉より進んだ技術を持っている。土民の役に立つはずだ」

「大事な田に悪さをしたくせに、何を言っているの」

「二人でいたずらをした子どものころを、思い出して欲しかったのだ」

「自分の行いを軽く考えているようだけど、ここの人たちがどんなに丹精を込めて、稲を育てているか、考えてごらんなさい」

「悪かったよ。償いのために種を提供して、おまえの着ているのより柔らかくて光沢のある布の作り方も教えるよ。技術を持った若者を連れてきた」

「皆が受け入れてくれるかどうか、問題ね。そこまでしてこの土地に居て、あんたに何か利益があるの？」

「この国に用があるから来たのだ。不老長寿の薬が欲しい」

「まだ、言っているの。『丹』は自分のなかで精製するものなのよ。あんたも方士（道教の僧。長生きをするために神仙や仙薬を研究する人。）の端くれなら、そんなことを分かっているでしょうに」

「おまえの言うことは、口ばっかりだ。実行が伴わないじゃないか。目に見える『丹』が欲しい。人間が求めているのは精神的なものではないと言うことを、おまえのほうこそ、分かっているだろうに」

「だから、仙丹の鉱脈を追って、採掘、精製をしているじゃないの」

「おまえの言うとおり、仙丹は危険だ。別の物があるはずだ。おまえが年相応に老けていないのが証拠だ。おれも命が延びる薬が欲しい」

「欲張りねえ。そのうちに気付くわよ。自分に合っていることが最高なんだってことにね。年を取るからこそ、人生を味わえるんじゃないの。同じ若さでダラダラと生きていたって、おもしろいわけがないでしょ」

「おまえは飽き性だからな。なんでも、若い男が好みだと聞いたぞ」

「フン！　誰がそんなことを……ああ！　ええ、そうよ。あんなすばらしいコは他に居ないわ」

「コ？　……ああ！　そういうことか。ヤツはおまえのオトコじゃないね」

「あんたは、タマ合う相手に会ったことがないの」

「魂が合うだって？　笑わせるなよ。ソイツの人格はワカが刷り込んだモノだろう。好みも主義も合うに決まっているさ」

「あのコはわたしより、実の親に似ているようだわ。それにここの人たちの影響も受けているの。わたしとは違うわ」

「ワカにピッタリ合う男は、おれしか居ないよ。そうやって拒絶してみせているが、おれが追いかけてきた嬉しさで、心のなかは震えているのだろう？」

わたしに魔法が使えるのなら、義弟を今すぐに消し去るのにと思いました。

「ふざけないでよ。天の神さまを呼ぶわよ」

「ワカはまさか、天の使者の妻では無いのだろう？」

「妻よ。神鳴の稲妻って言葉を知らないの？」

「神が怒るから神鳴で、稲を作っているおまえが妻だから稲妻だとでも言いたいのかい？」

「ここの言葉をそこまで理解しているなんて、相変わらず器用なのね」

「おれもあの天の使者に遭ったことがあるけど、まさかあの銅色の小さな神と男女の仲だとはとても思えないよ」

「あら。あんたは、どうしてあんな人を好きになったのかしらと思った経験はないの？」

「ある、ある。その相手はおまえだ。慣れないことをするなよ。おまえの嘘は見え見えだぞ。荒波のなか、おれをこの国に導いたのはあの天の使者だよ」

「そんなわけないわ」

「じゃあ、自分で聞いてみろよ」

「あの人のやることは、分からないわ。一族から離れたときも、わたしに赤ちゃんを押し付けたのよ」

「おまえが娘を失って嘆いていたから、赤ん坊を育てさせてくれたのじゃないのか？」

「娘、娘って、まだ、言っているの」

「その赤ん坊が成長して、若い女のところに行ったのだろう？　それで、おまえが淋しがっているから、天の使者はおれをここに導いたのかもしれないね。おれたちが結ばれるのは、天の神の命令なのだ」

　国に居たときのように、義弟が言い寄ってきました。

「出ていかないなら、自分で身体を傷つけるわよ！」

　機織の棚の上に梭《ひ》があったので、それを持った。

「それで突くと言うのか？　脅かしだろう。ハッハッハッ……！」

　笑い声を立てながら、目が沈んでいました。

「分かったよ。おまえはやると言ったらやる女だから怖いよ。おれは、子どもたちのところに戻ることにする。川下に留まらせているのだ。おまえが嫉妬して受け入れてくれないだろうと思ったからな。そのうちに壱紀を連れてくるが、それまで話し相手に、姉上の娘をおまえの傍に来させようか？」

「その必要もないわ。わたしには王月姫《おうげつ》と言う娘が居るから」

「グェツだとう！　おまえのなまえの月を取って、王月姫と言うのか！」

「そうよ。王月姫の父親はこの一帯の王のような存在の人よ。あんたの一族にも頼られているわ。鉱脈の在り処もよく知っていて、一族を伴って仕事に出かけているわ」

「ここの汚らわしい女のことを王月姫だとう！　ワカの名を継ぐとは許せない！　それに王はこのおれだ」

「いくらあんたでも、王月姫には敵わないわね。わたしと違って、みんなの先頭に立っていくコだわ。親が王であろうと神であろうと、奢ったり甘えたりしない。誰もが嫌がることでも、率先してやるコよ」

「おお！　哀れな壱紀姫！　生まれてすぐに母親と引き離され、……ウッウッ……」

義弟はほんとうに泣いていました。しばらくすると、ハッと何かを思いついたように泣き止み、言いました。

「じゃあ、その王月姫とやらに会わせてくれ」

「今、居ないわ」

「やっぱり嘘だったのだな。おれもまんまと騙されてしまったよ。おれに他に娘があると言ったものだから、対抗して創り話をしているのだろう」

「そんなふうに考えるあんたは、全然、成長していないわね。あんたに食事を出した娘が居たでしょう。あのコよ。あんたに対して物怖じしなかったのはあのコだけよ。他の女たちが、あんたのことを怖がって押し付けあっているのを見た王月姫が、運んで行ったのよ。わたしも急いでついていったけど、心配する必要はなかったわ。親切でしかも堂々としていたわ」

王月姫を義弟がジッと見ていたので危険を感じて、その後すぐに父親の居る土地に向けて出発させてありました。

「確かにおまえと雰囲気が似ているので、昔を思い出していた」

「わたしの娘だもの、似ているのはあたりまえよ」

「いや。顔かたちは全然、似ていなかった。どうせ、その男の娘と言うだけだろうよ。一族が世話になっているので、なまえをくれてやったに違いないさ」

「『くれてやった』？　わたしのなまえに何の価値があると言うの」

「それもそうだな。あのコの立居振舞を見ていると、幼かったころのおまえを思い出して、懐かしかった」

遠い昔を思い出しました。

ここに居る男が、あの君《くん》なのかと、改めて思いました。

「あのころあんたは、今と違って、君という名にふさわしいほどの上品さがあったのにね」

「ワカのほうは品も美しさもなかったね。なまえの月のように楚々とした雰囲気ではなかったな。おまえの母親の身体に射し込んだ光は、月ではなくて日の光だったんじゃないのか」

弟は遠くを見る目つきで言いました。義弟の顔には、年月の経過が刻まれていました。

「老けたわね、クン」

「ワカは年を取らないのだな。一体、何を食べているのだ？　それに、おまえがここに居るということは、この辺りに蓬莱山《ほうらいさん》（道教で霊山のこと）があるのだろう？　壱紀たちもここに呼んで、みんなで一緒に暮したい」

「蓬莱山はこの南にあるわ。行きなさい」

「南か！　どれくらい南だ？　大きな船で行かなければならないほど遠いのか？」

「海を渡らなくても良いわ。歩いて行けるわよ。早く行きなさい」

「おまえも仕度をしておけ」

「分からない人ね」

「分かっていないのはおまえのほうだ。おれたちが一緒に居ると神が嫉妬して赤ん坊を取り上げたと言う、父上の嘘の話を信じているのか？　おれたちが仲良くしていても、恐ろしいことは起こらないのだよ。心配をしなくて良い。おまえはおれと居るのがいちばん幸せなのだ。口喧嘩すら、楽しんでいるじゃないか」

「幸せ？　楽しい？」

「ああ」

義弟と喧嘩をしていると、退屈しないだけでした。何の喜びもなく、空虚で淋しくてたまらなくなっている自分に気付きました。国に居たときは、義弟の言うように、毎日、楽しかったような気もします。


育ての親はわたしに対して期待をしていたせいか、いろいろなことを強いてきました。そんな養父に反抗したくて、先生に逆らってみたりさぼったりしていました。養父は実の子どもたちにも、自分の良いと思うことを押し付けていました。おまけに、父親の思い通りにがんばっても、褒めたことはありませんでした。

いつのまにか義弟も共犯者になっていたのです。義弟も親の圧力がしんどかったのでしょう。義弟は、悪戯を考え出す天才でした。それを二人で実行することも、大人たちに叱られることも愉快でした。

父はわたしが悪くても、義弟を叱ってばかりいました。わたしの神秘の力を恐れていたのです。

義弟を舐めるようにかわいがっていた義母には、それが耐えがたかったのでしょう。その度に、怖い目でわたしを睨みつけていました。

母親に甘やかされる反面、父親には否定されるばかりの幼少時代を過ごした義弟は、口が上手くなることで自分を守ることを覚えたのでしょう。

だからと言って、包み込む気はありませんでした。信用もできませんでした。

『どうすれば良いかしら。よほど痛い目に遭わせないと、ここを離れようとしないわ。ホトを刺すのが良いかな』

ホトとは、『日本書紀』の言葉を借りると、「めのはじめ」で、『古事記』では、「成り合わないところ」となっていますね。

わたしがおとなしくなったので勘違いしたらしく、義弟が近付いてきました。

「ようやく、心の底で求めている相手が誰なのか、分かったようだな」

「あんたを嫌がっていることが、まだ分からないの」

義弟に止められない距離スレスレで、刺した。

意識が遠のきました。

熱いような激痛で、気がつきました。

「ウーッ！」

苦しむわたしを、手をこまねいて見ていた義弟もまた、こころの激しい痛みに耐えていたのです。

「なにをしてるんだよ。早く奇跡を起こせよ。おまえは、神は神でもヤシャだよ、まったく！」

夜叉とは古代インドの鬼神。梵語で「yakṣa」。

「ムーッ！」

「痛いのか！　苦しいのか！　このおれの手で一思いに殺してやりたいよ！　どうしてほ

しいんだ？　ワカ」

義弟がかわいそうになりました。

すると、痛みを感じなくなりました。

「ごめんね、クン」

「ふざけるなよ、ワカ！　いつもの悪態はどうしたのだ？」

「わたしたちは違う道を歩いてきて、大きな隔たりが出来てしまったわ」

意識がはっきりしなくなりました。

「わたしは一体、何者？」

自分が掴めなくて焦りました。周りに無数の小さな粒が、漂うような鈍い動きで浮遊していました。わたしもそのなかの一つでした。

「わたしは塵？」

粒子のわたしたちは吸い込まれるように、一定方向に移動していました。

「暗い洞窟の壁に沿って、クルクル回っているわ。穴の向こうに光が見える。あそこにみんなで向かっている。あらっ！　木も虫も塵になっているわ。みんなで一緒に行くのね」

「行クナーッ！」

その叫び声で、誰かが追いかけてくるのを思い出しました。

一生懸命駆けて来た義弟の、紅潮した顔や汗のにおいが蘇ってきました。

「彼の顔や手に触れたいわ」

「誰に会いたいのだ？　高野か？　王月姫の父親か？　天の使者か？」

「ん？　あなた。クンをご存知？　わたしは今、クンに会いたいのよ」

「おれはここに居るじゃないか。クンはおれだよ。分かるかい？」

「あなたはクンじゃないわ。懐かしいあのにおいがしない」

「チッ、チクショウ！　クンの野郎！　ぶっ殺してやる」

「どうかしましたか？　あっ！」

駆け込んできた者がありました。

騒々しさで、正気になりました。

「ワカヒメさま。この男にやられたのですかっ！」

事態を掴んだわたしは、義弟を庇うために嘘をつきました。

「突然、弟が入ってきたから驚いて、その拍子に突いてしまったの。もう、そろそろ天の国から迎えが来るから、昇っていくわたしを見送ってください。お世話になりました」

「そんなっ！」

「早くしろ！　皆に伝えろ！　グズグズしていると、見送れないぞおっ！」

わたしの肉体が死んで、義弟は泣き喚いていました。

「おまえが悪い！　おまえがワカを殺したのだ！」

血のついた梭を、刀でまっ二つに切ってしまいました。

「王月姫だとう！　そんな汚らわしい娘なんか、ぶっ殺してやる！」

暴れる義弟の様子を、震えながら盗み見している者が居ました。

《逃げる癖が、また出てきたようだな。再生は出来るぞ》

異星人の声でした。危険を知らせる額の赤いほくろは無くなっていましたが、義弟がわたしのところに向かったことをキャッチした異星人が、様子を見にきたのでしょう。

《復活するための燃料は、あのコに取っておいてやってください》

《せっかく空しさを感じながら、空《くう》について考えてみなかったのが残念だ。あの状態でも、アタマを使えばはやまらなくても済んだはずだ。道は必ずある。人間はやはり、考えない生き物だ》

《考えるのが怖かったの。少女のころ、果てしない空《そら》の寂しさや、死後、自分の意識がどこへ行くのかと考え始めたとき、恐怖に押しつぶされそうになったわ。なかなか答えの得られないことを、ずっと考え続けないようにしていたの》

《考えないだけではない。近ごろのおまえは、感動するというこころを忘れていたな》

《感動？》

《そうだ、生きている喜びだ。おまえの好きな田んぼのそばに居ながら、ジックリと眺めたりしていなかっただろう？　道を歩いていて風が吹くと、「あら、風さん、来たの？」とワクワクしたり、木々のけはいを感じ取っては、「精霊さんたち、ここに居たの？」と声をかけたりしなくなっていた。昔は、動物のしぐさや表情を愛しいと感じて抱きしめたり、輝く夕日を見て、涙を流したこともあっただろう》

《ええ。そう言えば、そんな気持ちを忘れていたわ》

《おまえのやり遺したことがある》

《高野にやらせるつもりなの？　付き合ってやってくれるのでしょう？》

《おまえの魂もこの世の苦しみを見ながら、ともに痛みを味わっていけ》

《まだ、苦しむの？》

《おまえは他人から逃れただけだ。ほんとうに自由になったと言えるか？》
《クンをわたしに近づけないで。クンと居ると怖いことが起こるの。誰も恨んでいないけど、恐怖が消えないの》
《分かった。おまえが天に辿り付くまで、高野と二人で守ってやる》
《天までの道はまだまだ遠いようだけど、みんなが見送ってくれているから、取りあえず幻影を見てもらうようにしてください》
月の美しい夜で、河原一面に月見草の花が咲いていました。

その夜、暗い空のスクリーンを見た人たちの印象はさまざまです。

王月姫は現在の福井県方面に、義弟は反対方向である紀伊半島の熊野のほうに行きました。義弟は多分、わたしの言葉を信じて、蓬莱山を求めて南に向かったのでしょう。義弟もまた、各地を回っていました。義弟の一行は、一族に属していませんでしたが、個人的には付き合っていましたよ。

高野は異星人に助けられながら、国造りをしていました。かつて見てあったところの沼地に土を入れたりし、開拓に励んでいました。他の男たち同様、高野も人並みに数人の女と関わりました。日本川の下《しも》のほうは、現在のような陸地がまだ無い時代です。川尻に、肌が透き通るように美しい娘が居ました。高野の恋人の一人です。玉のように美しい姫が住んでいたので、「玉の島」と言う名が残っています。義姉か義弟の娘に、高野に一目惚れした女が居ました。それが玉の島に居た姫かどうかは知りません。高野はまた、王月姫の評判を聞いて、会いに行って恋仲になったと思いますよ。

はっきりしない話で、ごめんなさい。私自身のことも忘れてしまっているのですから。王月姫はわたしの娘ではなく、年の離れた連れだったのでしょうか。高野と、母子神でもあり夫婦神でもあったという言い伝えもありますが、記憶にありません。

覚えていることだけ、お話しさせていただいているのですが。こんな定かでない話を、もっとお聞きになりたい方がいらっしゃいますか。

十一　おまけの話

ここから先はいろいろな人物や地名が出てきて、興味の無い方は、耳を塞いでいてください。

女親分が藤しろの峯にわたしを祀ったのは、播磨のほうの記録によると西暦二〇一年となっています。

別の記録では、赤穂で犬を献上されたのが二二二年で、天野が原に姫尊が鎮まったのが二二六年と載っています。ホンダ君が藤しろの峯から天野に移し、三七〇年には時の君主が天野の社を立派にして、辺りの広大な土地を神社の領地としました。

わたしが降臨したのはいつとなっているでしょう?

紀元前八十八年となっています。

おかしいな? わたしの記憶とは違うようです。姫巫女のまえに、わたしの後裔の姫がきたのでしょうか。

神社などの書付けは戦で燃やされたりするし、紀元前の世界で年号や記録は、どうやっていたのかしら。

皆さまは、わたしのあやふやな記憶を信じないでくださいね。

天野に鎮まったのも、わたしを祀っていた姫尊ではなく、わたし自身となっています。わたしの生きていた時代と違って、数世紀のあいだに関係者があっちこっちに膨らんでいっていましたから、わたしより姫尊のほうが顔も広く有名でしたよ。ヒメミコの関係者が大陸に渡って会話が出来たのは、祖国の言葉を一族が伝承していたからです。祖国の情報も、手にしていました。例えば、二三四年の孔明《こうめい》（三国の一つ、蜀の賢者。）の死も掴んでいました。そんなわけで後の世、僧のクウちゃんを紹介するぐらい、わけがなかったのです。


過去の記録による年号で計算をすると、辻褄が合わなくなりますね。何世代も同じなまえを使用していたのか、恐ろしいほど長生きしたことになります。

例えば、武内宿禰《たけのうちすくね》（建内宿禰）などです。

彼らはほんとうに、不老不死の薬を手に入れたのでしょうか。

若狭から戻ってきた八百比丘尼は、鏡に映った自分が、いつまでも年を取らないのを見て嘆き、その鏡を天野の太鼓橋の架かった池に投げ捨てたようです。いつまでも死なないのを悲観した彼女は、丸栖《まるす》と言う土地で貴志川の渕（尼が渕）に身を投げたとか、若狭の洞窟に入って昇天したなどと言われていて、不老長寿は幸せではないようです。ちなみに天野の太鼓橋は、淀君が作らせたものだそうですよ。

姫尊の鎮まった「天野」の場所が、どこだろうと思っておられる方もいらっしゃいますね。

ある県の伊都《いと》郡にあります。伊都郡は大陸から来た織り姫たちの影響で、織物がさかんでした。伊都のなまえも、織物の「糸」からつけられたのです。義姉たちが留った場所でも、織物や文化を伝えたことでしょう。

ホンダ君は君主としてふさわしい人物だと認めた王月姫の後裔は、呼び名を譲りました。それで、名実ともに王尊となりました。

気を遣ったホンダ君は、母親の女親分だけでなく、わたしも一緒に祭祀するようにと、遺言を残しました。そんな神社があっちこっちにあります。

義弟の子どもたちの魂は、日本川の川下の方角、秋月《あきづき》という土地に祀られていたのですが、いつの時代だったか、時の権力者に山東《さんどう》の地に追いやられました。

現在の日本川と違って、昔は、「いくら見ていても飽きないこの景色を、どうやって包んでお土産に持って帰ろうか」と詠まれる浜に流れ込んでいました。

日本川の川尻、「玉の島」に、高野が夜這いに行っていた話をしましたね。その親が、娘の恋人の正体を突き止めようとしました。高野と異星人がつるんでからかっていましたよ。その子孫にタネちゃんと言う娘が居ました。タネちゃんは、三諸山で異星人を祀る役職に就きました。

異星人も、三諸山以外にあちらこちらで祀られていますね。

女親分一派が戻ってくる途中、海上で嵐に遭いました。そのとき助けたのが、異星人の後輩です。女親分がそのとき辿りついた神島（昔は淡島と呼ばれていた）に、異星人の霊を祀りました。女親分の孫にあたると言われている王尊が、神島から加太《かだ》と言う土地に移しました。異星人が女親分を救ったのには、わけがあるのでしょう。

まだほかにも、登場人物が居ましたね。

義弟とのゲームのとき、知恵を貸してくれた人の魂は、天野に一緒に祀られていたのですが、六七三年に日本川の近くの渋田《しぶた》という地に、祭祀しなおされました。

狩人も出てきましたね。クウちゃんは霊山の土地を借り入れるときに、先ず狩人のところに来ていましたよ。王尊や神社に許可をもらうまえに、権力の無い狩人に挨拶をする。そんなクウちゃんは律儀ですね。狩人は「狩場明神」となりました。高野と一緒くたに考えられていますが、二人は生きていた時代が異なります。狩人と僧が出遭った犬飼《いぬかい》と言う地の寺のなかには、明神塚なる円墳がありますが、一体、誰が葬られているのでしょう。

お祭りの話もしましたね。

江川《えかわ》と言う土地には、「笑い祭り」が残っています。近くの五二三メートルの真妻山に、わたしが鳶に乗ってやってきて降臨したと言う話も、あります。墜落をしたのは、そこだったのかしら。

異星人や高野たちもあっちこっちで祀られていますが、わたしの頼んだことは実行してくれているのでしょうか。

古書に、「常世の国で石になって立っている小さな神が、この祝い酒を作ってくれたのですよ。息子よ、さあ飲みなさい」とあります。自分の息子が王尊になったときの、女親分の喜びの言葉です。姫尊が酒をごちそうになった神社のそばに、昔の細い天野大社参道があって、途中に、平たい石を上に直角に挿し込んだ、柱状の石が立っています。地上に出ている部分は二メートルよりは低く、まるで贅肉の無い仙人が立っているようです。古代人は一体、なんのためにこの場所に、このような石のモニュメントを造ったのでしょう。僧のクウちゃんの被っていた笠が風に飛ばされ、この石に引っかかったと言う話があります。そのとき風を起こした異星人族は、僧に何を知らせようとしたのでしょう。

笠石と呼ばれているこの石が、わたしの保護者だった異星人だというのでしょうか。

異星人が笠石になったのなら、高野は何石になったのでしょう。

玉石になったのかもしれません。玉石は熊野にあります。

何か大事な物を失って、それが無いと困るのにどうしても見つからないとき、「クマノのタマキさん」にお願いする人が居ます。ローソクをともしたり、塩を供えたりしてお祈りをする。そしてもう一度捜し直すと、すぐに失せ物が思わぬところから出てきます。初めは、あわてて捜していたため、見落としたのでしょうか。

「ああ、良かった！　助かった！　クマノのタマキさんは、てき面やなあ。それにしても、クマノのタマキさんって、どこにあるんやろ？」

クマノのタマキさんは、日本一長い吊り橋の向こうにあります。

そこにはわたしが生存していた以前から生えていた大きな杉の木があって、行者のツヌちゃんも僧のクウちゃんもその木に対面しましたよ。

高野はそこで見張ってくれているはずです。その向こうの海岸の近くに鎮まった義弟の魂が、わたしのほうに来ないように陣取ってくれているのです。玉置山の近くに、温泉があります。

異星人は、その少し西、果てしない山並みのほうで監視してくれているはずです。その湯はツヌちゃんが見つけ、クウちゃんが温泉場にするときに、異星人を祀りました。

これらの温泉界隈には、平清盛の気の優しい孫が落ち延びてきていました。

義弟の言っていた壱紀姫と王月姫が、わたしの娘だと言った上人が居ました。北条の政子ちゃんもそれに賛同したので、以後、わたしと高野と壱紀と王月の四社明神となりました。

海を渡り上陸した地から始まって、活躍した場所で一族を示すなまえが、川名や地名や神社名として残っています。クウちゃん関係もまた、その生業に携わったので、彼らの関わった地にも一族の名を持つ神社があります。

わたしたちだけでなく、海外から文化とともにいろいろな国の人の血が入ってきて、ミックス人だらけです。

人間は、掛け合わされて改良され固定化した種族を、純粋種と言っているようです。二〇〇一年の十月から純粋なニホンザルの保護と称して、タイワンザルが毒殺されることになりました。農作物の被害などと言い訳していますが、人間の欲望の一つを満足させたいようにも見えます。自分たちと違う異種を排除したいイジメ精神の提唱に、つながる危険もあるのではないかと案じています。


そろそろわたしの話はお終いです。居眠りをされていた方も、目を覚ましていただけますか。

僧のクウちゃんは、人々に何を伝えようとしていたのでしょう。釈迦は？　キリストは？　役行者《えんのぎょうじゃ》は？　中将姫は？……。

キリストは、原住民の崇めていた自然、木を切ってまで自分の教えに従えなどと、決して思っていませんでしたよ。キリスト教に限らず祖の教えを無視して、後から伝道者たちが勝手に付け足した教義の押し付けが問題を産んでいます。

あの有名なノスちゃんは、わけの分からない詩を遺しました。「アンゴルモアの大王の復活」などと、ごちゃごちゃと言っていました。勘違いしてしまうような詩を書いたノスちゃん、彼は預言者でなく先が読める人なのです。

予言された時期に、何事も起こらなかったと思いますか?

天の使いは、命令を下しましたよ。

「アンゴルモアの大王の復活」の一節は、ようするに名声などのバックに拘って、「勝つ」ことに集中していた人類のそれまでの価値観が崩れると言うのもその一つです。命令を受けた人々は、それぞれの手段で仕事をしています。だから、どんどん破壊が進んできているのです。

わたしも世紀の変わり目ごろからお尻を叩かれているのですが、従順でないわたしは逆らっています。

《どんな価値観を持っていようと、個人の勝手よ。異星人の口出しすることではないわ。この価値観を、上手に使いこなしている人もいるじゃないの。あんたたちは昔から、『人間は目先のことに囚われて、物事がきちんと判断できない』って、言っていたでしょう。今世紀も、この考え方のせいで人類がどうなろうと、自業自得よ》

わたしを導いているのか見張っているのか分からない天の使者が、みなさんに分かってもらえるまで懲りずに講演しろとうるさいのです。

みなさんも、天から指令を受けたのですか？

それで、サクラになって、わたしの下手な話を聞きにきてくださったのですね。申しわけありません。

ご自身のお仕事は、もうお済みになられたのでしょうね。

タイムマシンでもない限り、証明できない過去の事実の解は一つではない、「解なし」と言うのが答えだとしておいてください。

いい加減なわたしの話を最後まで聞いてくださって、ありがとうございました。

お気をつけて、お帰りください。

あとがき

文ちゃんに、わたしの講演する会場をお世話していただけるかどうかを尋ねたあくる日、アメリカで同時多発テロ事件が起こりました。
連日、事件を報じるテレビ画面を覗いていて、気にかかっていた答えが得られました。高野と出遭いさまよっていた場所を思い出したのです。

天の使者は言っていました。
代表者たちが、まるで呪文のように、「テロを撲滅」と唱えても、無意味。ポーズや口実ではなく、繰り返すことの無いほんとうに真の世界平和を望むのなら、《お互いに過去の過ちを許しあう以外に道はない》と。

自分のしたことを棚に上げて、誰かを悪者に想うのは楽なことです。

ある県では、原生林を守るためにと言ってシカを殺そうとしています。シカを殺したところで、わたしが高野を抱いてさ迷った砂漠のように、いつかは荒れ果てていくのです。真犯人は人間自身なのですから。子どもたちに、命の大切さを忘れさせる手段を選んでいるのではないでしょうか。

シカのことにしろタイワンザルのことにしろ、わたしの考えが正しいとは言い切れませんが、こんな人間世界を眺めていて、守ろうとしたり押さえ込むだけでは、目的が達成されないことに気が付きました。

わたしも、天まで昇る道が見えてきたようです。

後世の人たちが争う原因を作ってしまった、義弟に対するわたしの拒絶反応。みなさんにお話をしていて気付いたのですが、もしかすると、育った国での事件がトラウマになっていたのかもしれません。

忘れるということの難しさを、実感しています。

これを乗り越えると、今まで気付かなかったことも見えてきて、もっと明確な昔話を聞いていただくことができるでしょう。

皆さんのまえで講演をさせてもらえないかと尋ねたとき、Boon-gate.comの小ちゃんたちがシャットアウトしないで、会場を捜すために骨をおってくれました。またBUNGEISHAの相ちゃんや村ちゃん、デザイナーの谷ちゃんが、期待していた以上の舞台装置をセッティングしてくれたので、心地よくお話をさせていただくことができました。感謝！

【参考資料】

☆丹生都比売《にゅうつひめ》神社などの由緒
☆丹生壽『丹生神社を訪ねて』
☆日野西真定『野山名霊集』
☆高野山出版社、新居祐政作、中島喜峰絵『お大師さま』
☆『かつらぎ町誌』のなかの『丹生大明神告門』や『丹生祝氏本系帳』
☆丹生廣良『丹生神社と丹生氏の研究』
☆『続紀伊風土記』
☆東方出版、銭谷武平『役行者伝の謎』
☆羽田武栄・広岡純『真説「徐福伝説」』
☆講談社、宇治谷孟『全現代語訳　日本書紀（上）（中）』
☆講談社、宇治谷孟『全現代語訳　続日本紀（上）（中）』
☆講談社、次田真幸『全訳注　古事記（上）（中）（下）』

☆角川書店、武田祐吉訳注、中村啓信補訂・解説『新訂古事記』
☆学習研究社『日本の神々の事典』
☆かつらぎ町民話編集委員会編集、発行『かつらぎ町今むかし話』
☆名著出版、山本真理子『紀州ばなし』
☆和泉書院、村瀬憲夫『紀伊万葉の研究』
☆岡田精司『古代王権の祭祀と神話』
☆http://www.kamnavi.net/ny/nyuiti.htmのホームページ（http://www.kamnavi.net/ny/index.htm）
☆『学研漢和大辞典』などの辞書
☆高野山出版社、村上保壽・山陰加春夫『高野への道』（作品を書き上げた後に見つけた本。霊山をもっと知りたい人のために）

著者プロフィール

山子（やまこ）

ペイパーメールにしろ電子メールにしろ、長文を書くことが趣味のひとつ。
創作や応募は、十数年まえから。

天までの道

2002年6月15日　初版第1刷発行

著　者　山子
発行者　瓜谷綱延
発行所　株式会社 文芸社
〒160-0022　東京都新宿区新宿1-10-1
電話 03-5369-3060（編集）
03-5369-2299（販売）
振替 00190-8-728265
印刷所　株式会社 フクイン

ISBN4-8355-3945-1 C0093